KB128391

리벤지 호텔

REVENGE HUNTING 5

초판 1쇄 인쇄일 2015년 9월 17일 | **초판 1쇄 발행일** 2015년 9월 21일

지은이 목마 | **펴낸이** 곽중열 | **담당편집 팀장** 이범수
편집부 신연제 이윤아 김호성 김은경

펴낸곳 (주)조은세상 | **출판등록** 제 2002-23호
주소 경기도 연천군 미산면 청정로1355
TEL 편집부 02)587-2966 | FAX 02)587-2922
e-mail bukdu@comics21c.co.kr

ⓒ목마 2015
ISBN 979-11-5832-284-7 | ISBN 979-11-5832-135-2(set) | 값 8,000원

REVENGE

리벤지 헌팅

목마 현대 판타지 장편소설

NEO MODERN FANTASY STORY & ADVENTURE

HUNTING

⟨5⟩

북두
(주)조은세상

CONTENTS

NEO MODERN FANTASY STORY & ADVANTURE

REVENGE
HUNTING

REVENGE

1. 분기점

HUNTING

NEO MODERN FANTASY STORY & ADVANTURE

REVENGE HUNTING

1. 분기점

"…뭐라고…?"

라스 프라다가 창백한 얼굴로 물었다. 우현은 검을 뻗어 라스 프라다의 목에 가져다 댔다. 아직 열기가 식지 않은 검신이 라스 프라다의 목에 닿아 살을 태웠다.

"끄윽…!"

라스 프라다가 발버둥쳤다. 하지만 양 팔이 잘리고, 오른 다리는 힘줄이 끊긴 덕에 저항은 불가능했다. 우현은 다시 물었다.

"데루가 마키나라는 이름을 알고 있느냔 말이다."

"네, 네가 어찌 그 파괴자의 이름을…!"

라스 프라다가 떨리는 목소리로 외쳤다. 파괴자? 우현의 눈이 가늘어졌다. 우현은 검신을 조금 더 눌렀다. 살이 타는 소리, 그리고 살이 익는 냄새. 파고들은 검신이 라스 프라다의 살갗을 베어냈다. 놈이 필사적인 표정으로 버둥거렸다.

"제, 제발…."

"묻는 말에 대답해."

머리 아프니까. 우현의 말에 라스 프라다는 침을 꿀꺽 삼켰다. 우현은 공포에 젖은 놈의 눈동자를 들여다보면서 말을 이었다.

"데루가 마키나. 그 괴물에 대해 네가 아는 모든 것을 말해라."

"…모… 모른다…."

"뒈지고 싶냐?"

우현이 물었다. 그는 발을 들어 라스 프라다의 머리를 가볍게 걷어찼다. 퍼억, 하는 소리와 함께 라스 프라다의 머리가 조금 흔들렸다.

"잘 들어. 나는 지금… 별로… 그러니까… 기분이 좋지 않아."

말이 꼬이는 군. 우현은 손으로 아픈 머리를 움켜잡았다.

"네놈 덕에 험한 꼴을 겪기도 했고. 힘도 많이 썼

고… 지금 머리도 아프고… 하여튼 그래. 기분이 좆같
단 말이야. 네가 모른다 모른다 앵무새처럼 똑같은 말
만 반복해도, 내가… 아, 그렇습니까. 괜한 것 물어서
미안합니다… 이렇게 정중히 나올 일은 없단 말이다.
씨발새끼야.”

퍼억!

우현의 발이 다시 한 번 라스 프라다의 머리를 걷
어 찼다.

“그러니 대답해라. 데루가 마키나에 대해서. 네가
아는 모든 것에 대해.”

“그… 그것은… 파괴자다.”

라스 프라다가 더듬거리며 말했다. 놈은 과하다 싶
을 정도로 몸을 떨고 있었다. 목에 검이 닿아서? 아니
다. 놈은 ‘데루가 마키나’라는 이름에 반응하여 겁을
먹고 있었다.

“…어째서?”

“너희가 던전이라 부르는 이 독립된 공간에… 우리
의 창조주를 처박은 것이 그것이다.”

라스 프라다가 중얼거렸다. 우현의 눈이 크게 떠졌다.

“뭐라고?”

“바깥의 도시에서 우리를 내쫓고, 우리의 창조주를
이 공간에 처박아두고. 창조주의 문명을 파괴하고…

저항하는 이들을 모조리 죽이고. 그 학살을 자행한 것이 그 괴물이란 말이다."

우현으로서는 이해할 수가 없는 말이었다. 바깥의 도시. 자연스럽게 우현은 판데모니엄을 떠올렸다. 텅 빈 도시. 문득 생각이 들었다. 지금의 판데모니엄의 건물은 헌터 협회와 길드, 그리고 다른 장비나 도구점들이 사용하고 있지만. 과거에는 어땠을까. 헌터가 판데모니엄에 들어올 수 없었을 때, 그 도시에는 누가 살고 있었을까.

'이 판데모니엄의 던전은 내가 살았던 세계의 던전과 달라.'

형태는 같을지 몰라도, 살아가는 몬스터가 다르다. 특히 라스 프라다 같은 힘을 가진, 그리고 의사소통이 가능한 몬스터는 존재하지도 않았다. 머릿속의 퍼즐이 맞춰지는 기분이었다.

원래, 판데모니엄은 라스 프라다를 만들어낸 창조주. 그런 존재가 살아가는 도시였다. 그리고 그 도시에서 그 창조주를 내쫓은 것이 데루가 마키나다. 그 괴물은 창조주를 던전에 처박고서 판데모니엄을 텅 빈 도시로 만들었다.

'왜 그런 일을 한 것이지?'

판데모니엄은 도시다. 그렇다면 창조주는 하나가

아니라는 뜻일 터. 세상은 하나만 존재하는 것이 아니다. 당장 우현이 살던 세상과 호정의 세상이 다른 것처럼. 아마 복수의 또다른 세상이 더 있을 것이고, 그 세계에도 판데모니엄이 있을 터.

"그렇군."

이제야 알겠어. 우현은 손을 들어 지끈거리는 이마를 꾹 눌렀다. 데루가 마키나는 창조주를, 아니, 창조주들을 내쫓았지만 그들을 죽일 수는 없었다. 던전은 텅 비었고 데루가 마키나는 하나의 세상을 골라 그곳 판데모니엄의 주인이 되었다. 그리고 문명을 파괴하고, 우현 같은 자객을 선택하여 다른 세상으로 보냈다.

"창조주는 뭐지?"

우현이 물었다. 라스 프라다는 머리를 흔들었다.

"창조주는 창조주일 뿐이다. 너희 인간은 너희를 만든 창조주의 이름을 정확하게 알고 있느냐?"

우현은 대답하지 못했다. 종교를 말하는 것일까. 종교마다 말하는 신이 다르다. 사람을 만들었다는 신은 얼마든지 있다. 대답하지 못하는 우현을 보면서 라스 프라다가 마저 말했다.

"보라, 너희 인간이 창조주의 이름을 정확히 알지 못하는 것처럼. 피조물인 나는 창조주의 이름을 알지 못한다. 그 파괴자가 우리의 창조주에게 굴욕을 주고, 가장 깊은 던전으로 내쫓았다는 사실만을 알고 있을 뿐이다. 언젠가는 그 파괴자에게 굴욕에 대한 복수를 다짐하면서!"

라스 프라다가 외쳤다. 놈의 눈에서 떨림이 멎었다. 놈은 부릅 뜬 눈으로 우현을 노려 보았다.

"그러니 나는 이곳에서 죽을 수 없단 말이다! 나를 창조한 창조주의 복수를 하지 않으면 안 돼! 그러니, 그러니까…."

"하나 더."

우현이 물었다. 그는 라스 프라다의 목을 누르고 있던 파브니르를 들었다. 파브니르에는 형편없이 금이 가 있었다. 아깝다는 생각이 들었다. 이놈처럼 잘 드는 칼은 흔치 않은데. 검신이 뜨겁게 달궈진다는 옵션도 마음에 들었고.

"네가 이 던전의 보스 몬스터냐?"

"…뭐?"

라스 프라다가 멍한 소리를 냈다. 묻고서도 아닐 것이라 생각했다. 이 던전의 이름은 '유빈투스의 성'이다.

"…카하하! 나 따위가 유빈투스님과 비교가 될 것 같으냐!"

역시나 그렇군. 우현은 라스 프라다가 말하는 것을 듣고서 생각했다. 라스 프라다는 머리를 젖혀 미친 듯이 웃었다.

"나를 쓰러트렸다고 해서 끝나는 것은 아무 것도 없다! 유빈투스님은 나와 비교도 할 수 없을 정도로 강력한 분이시며, 그 분의 곁을 지키는 기사는 잔혹하고 끔찍한 자다! 너에게, 그리고 너희들에게 승산은 절대로…."

"둘이군."

우현이 중얼거렸다. 그는 파브니르를 높이 들었다.

"알려줘서 고맙다."

"…뭐? 자, 잠깐…."

라스 프라다가 기겁하여 외쳤다. 끝까지 듣지 않았다. 들을 필요도 없다고 생각했다. 내리 찍은 검이 라스 프라다의 목을 잘라냈다. 놈의 입술 사이에서 가륵거리며 피거품이 끓었다. 누르는 검에 힘을 주어 당겼다. 조금 피가 튀었다.

"…살아있습니까?"

우현은 머리를 돌렸다. 주저앉아 이쪽을 보는 최우석이 보였다. 그는 처참한 모습이었다. 팔 하나는 이미 잘렸고, 다리 하나도 완전히 박살나 있었다. 옆구리를 반쯤 찢어져서 피와 내장이 흘러내리고 있었고, 최우석은 창백한 얼굴을 하고서 그를 붙잡고 있었다.

"…하하."

최우석의 입술을 비집고 가느다란 웃음이 새어나왔다. 우현은 굳은 얼굴로 최우석에게 다가갔다. 우현이 라스 프라다에게 죽고, 데루기 마키나를 만난 순간, 최우석은 혼자서 라스 프라다에게 저항했다.

그는 도망칠 수 있었다. 문이 열렸을 때, 함께 나갔으면 될 일이다. 하지만 그는 나가지 않았다. 그가 선택한 것은 이곳에 남는 것이었고,

그렇게 그는 죽어가고 있었다.

"대단하군요."

최우석이 중얼거렸다. 콜록거리며 뱉은 기침에 피가 섞였다. 최우석의 앞으로 다가간 우현은 무릎을 낮춰 그를 내려 보았다. 가망은 없었다. 최우석의 상처는 너무 심했다. 당장 목숨은 붙어 있었지만, 그것도 오래 가지는 못할 것이다. 다리가 저렇게 된 이상 걸을 수도 없다. 가장 심한 것은 옆구리의 상처였다. 흘러나오는 내장과, 너무 많은 피. 우현이 머뭇거리며 입을 열었다.

"…왜 도망치지 않은 겁니까?"

"책임."

최우석이 대답했다.

"우현씨를, 그리고 선하씨를 이 던전으로 끌어들인 것은 다름아닌 저입니다. 그런 주제에… 우현씨를 이곳에 내버려 두고 어찌 도망치겠습니까. 책임을 져야 한다고 생각했을 뿐입니다."

"죽는 것으로?"

"이렇게 될 줄 몰랐지요."

최우석은 창백한 얼굴로 웃었다. 우현은 이해할 수가 없었다. 최우석은 죽음을 앞에 두고도 태연했다. 오히려 기뻐하는 것처럼 보였다.

"…아무렇지도 않은 겁니까?"

"책임감은 무겁지요."

최우석은 멍한 눈으로 천장을 바라보았다.

"집단의 수장이라는 것도 그렇고. 경쟁하는 것도 그렇고. 살아남는 것도 그렇고. …오히려 지금은 좋군요. 이제는 별로 아픔도 없고… 책임감에서 벗어나게 된 것 같아."

최우석은 우현을 힐끗 보았다.

"나한테는 아무 것도 없었습니다."

최우석이 중얼거렸다.

"어렸을 때도 그랬고, 크고 나서도 그랬고. 헌터가 되고 나서 생기기는 했지만… 무겁다고 느꼈습니다."

천재라는 소리를 숱하게 들었다. 헌터가 되고나서, 항상 최우석의 뒤에는 천재라는 수식어가 붙었다. 실제로 그랬다. 몬스터와 싸우는 것은 그에게 쉬운 일이었다. 네임드 몬스터도 마찬가지였다. 방패를 들고, 랜스를 쥐고. 그의 커리어가 높아질수록 그에게 쏟아지는 기대는 커졌다. 나래의 몸집이 커질수록 최우석의 어깨는 무거워졌다.

"나에게 기대하는 사람들을 불평하고 싶지는 않지만."

최우석은 옆구리를 잡고 있던 손을 내렸다. 붙잡아 받치고 있던 내장이 흘러내렸다. 피가 울컥거리며 새어나왔다.

"…이제는… 그들을 생각하지 않아도 되겠군요. 미안합니다. 추한 꼴을 보여서."

"…별로 추하지는 않습니다."

이해할 수는 없었다. 우현은 최우석이 아니었다. 최우석이 어떤 중압감을 짊어지고 살았는지 모른다. 우현은 천재가 아니었다. 그러기에, 천재가 가진 고뇌 같은 것에 대해서는 모른다. 우현은 한쪽 무릎을 꿇고 최우석과 시선을 맞췄다. 그는 최우석의 그 무엇도 이해할 수 없었지만, 그의 마지막 유언 정도는 들어줄 수 있었다.

"만약, 우현씨가 살아남는다면."

최우석이 작은 목소리로 말했다.

"…광호 형님에게 미안하다고 말을 전해주십시오. …아니지. 사과할 사람이 많아. 나래의 모두에게도. 미안하다고 말을 전해주십시오."

"살아남는다면."

우현이 중얼거렸다. 최우석의 입가에 가느다란 미소가 맺혔다.

"살아남을 겁니다."

최우석은 손을 뻗었다. 후둑거리며 몬스터의 사체들이 쏟아졌다. 사체 뿐만이 아니었다. 최우석이 가지고 있던 모든 예비 장비가 땅에 널부러졌다.

"우현씨는 강하니까."

최우석의 눈에 빛이 엷어졌다.

"나 같은 것보다 더."

그 말이 마지막이었다. 최우석의 눈이 감겼다. 그의 머리가 축 처졌다. 우현은 한동안 아무런 말도 하지 않고 최우석의 얼굴을 바라보았다. 죽었다. 어울리지 않는 죽음이라고 생각했다. 한 번 본 것으로 스위치를 흉내내고, 천재라 극찬을 받고. 그런 헌터가 죽었다. 바로 이곳에서. 우현은 몸을 일으켰다.

"…나는 별로 강하지 않아."

우현은 그렇게 중얼거리면서 최우석의 시체를 향해 손을 뻗었다. 아공간이 열리고 최우석의 시체가 담겼다. 우현은 묵묵히 행동을 계속했다. 그는 최우석이 남긴 장비를 우선 아공간에 수납하였고, 몬스터의 사체를 확인했다. 대부분이 이곳까지 오면서 그가 쓰러트린 몬스터들이었다.

"…강하지 않으니까, 강해져야지."

우현은 그렇게 중얼거리며 라스 프라다의 시체로 다가갔다. 등허리에 꽂힌 블랙 코브라를 뽑았다.

"살아남아야 하니까."

라스 프라다의 가슴을 가르고, 심장을 열었다. 마석은 없었다. 이토록 개고생을 시켜놓고서는 마석조차 품고 있지 않다니. 우현은 혀를 차면서 검지 손가락을 들었다. 칼끝으로 살짝 베어낸 상처에서 피가 방울져 떨어졌다. 라스 프라다의 심장 한 가운데에 떨어진 피가 뭉쳐 마석이 되었다. 우현은 손을 뻗어 마석을 들어 올렸다.

'무거워.'

처음 느낀 것은 그것이었다. 우현은 눈을 크게 뜨고서 손에 잡힌 마석을 바라보았다. 여태까지 보았던 마석 중에서 가장 큰 크기였다. 호정이었을 때에도 이정도로 큰 마석은 본 적이 없다. 한 손으로 잡기가 힘들 정도의 크기다.

'단순히 크기만 큰 것도 아니야.'

무겁다. 그리고 뜨거워. 손이 화끈거릴 정도의 열기가 느껴졌다. 작은 소리가 들렸다. 두근거리는 고동소리였다. 우현의 심장에서 들리는 소리는 아니었다. 마석에서 들려오는 소리였다. 우현은 마석을 손에 쥐고, 일단 라스 프라다의 시체를 아공간 안에 집어넣었다. 그리고 다른 몬스터의 사체로 다가가 심장을 열고 마석을 꺼냈다.

'달라.'

좀비에게서 만들어낸 마석도 제법 크기는 했지만, 이전 던전에 출현하던 일반 몬스터의 마석과 차이점은 크기뿐이었다. 고동 소리 따위는 들리지도 않는다. 우현은 마석에 대해서는 생각을 미뤘다. 일단 그는 좀비에게서 마석을 전부 뽑아내고, 사체를 아공간에 담아냈다.

"...후우."

우현은 한숨을 쉬면서 그 자리에 주저앉았다. 머리가 멍했다. 욱씬거리는 두통은 아직 사라지지 않았다. 눈앞이 흔들거리고 손발이 떨렸다. 투기는 거의 바닥이었다. 우현은 하나로 뭉친 마석을 흡수했다. 투기의 양이 크게 늘어나는 것이 느껴졌지만, 두통은 가시지 않았다. 육체의 피로와 투기는 마석을 흡수한 것으로 회복하는 것이 가능했지만, 두통은 정신적 피로에 의한 것이었다.

'…과부하야.'

지끈거리는 머리를 손으로 누르며 생각했다. 정신을 가속시키는 것은 우현이 짊어져야 할 부담이 너무 크다. 똑바로 흐르는 시간 속에서 자기 자신만이 벗어나는 것이다. 몸은 그대로, 정신만 빨라진다. 밀려 들어오는 정보량이 몇 배, 몇 십 배로 불어난다. 하나하나에 반응하고 그에 대처하며 움직임을 떠올리고, 그렇게 움직이고. 변수를 생각하고 대응을 생각하고 반격을 생각하고 방어와 공격과 회피와

우현은 머리를 붙잡았다. 뇌세포가 하나씩 타는 것 같아. 익숙하지 않다. 처음이니까, 당연한 것이다. 지속적으로 사용할 수는 없어. 리미트를 정해두는 것이 좋을 것 같았다. 스스로 억제를 위한 제한선을 둔다.

"…그보다, 이건 뭐야…?"

우현은 라스 프라다의 마석을 꺼내 들어 올렸다. 큼직한 마석이다. 여태까지 먹은 마석을 다 합쳐 뭉쳐놔야 이 정도 크기가 될 것 같았다. 라스 프라다는 끔찍스럽게 강한 놈이었다. 그렇게 강한 놈이었으니 이

정도 크기의 마석은 당연한 것일까. 하지만 이 고동 소리는 뭐지? 그리고 이 열기. 열기는 아직도 식지 않아 손을 뜨겁게 달구고 있었다.

흡수해도 되는 걸까?

그런 걱정이 들었다. 라스 프라다는 그간 우현이 겪은 그 어떤 몬스터와도 다른 존재였다. 그래서인지 뽑아낸 마석도 여태까지와는 다르다. 두근거리는 소리, 작은 떨림, 뜨거운 열기. 우현은 라스 프라다의 마석을 내려 보았다.

"…일단 나중에."

먹어서 득이 되는지 득이 되지 않는지도 모르는데 대뜸 먹을 수는 없다. 우현은 몸을 일으켰다. 그는 박살난 홀을 둘러 보았다. 라스 프라다가 말하기를, 이 성에는 놈을 제외하고도 최소한 두 마리의 네임드 몬스터가 더 있다고 했다. 하나는 이 성의 보스인 유빈투스. 그리고 다른 하나는 유빈투스를 지키는 기사. 헌데 그 둘은 홀에서 이런 난리법석이 일어났음에도 모습을 보이지 않는다. 우현은 눈을 가늘게 뜨고서 나선형으로 만들어진 계단을 올려 보았다.

올라가면?

올라가면, 유빈투스가 있을까. 아니면 유빈투스를 지킨다는 기사가? 있다면 어떻게 해야 하지? 지금의 내가 쓰러트릴 수 있을까? 라스 프라다를 혼자서 쓰러트리기는 했지만, 놈이 만전이었다고 보기는 어렵다. 놈은 우현에게 쓰러지기 전에 이미 송하를 전멸시켰고 나래의 공격대와도 교전했었으니까.

'…다들 어떻게 됐을까.'

도망치라고 말을 하고, 문 밖으로 보냈다. 그들은 도망쳤을까? 도망치기를 바랐다. 도망쳤을 것이다. 문은 열리지 않았다. 안쪽에서 문을 여는 것에는 굉장히 큰 힘이 요구되지만, 바깥에서 들어올 때에는 문은 자동으로 열린다. 문이 열리지 않는다는 것은 그들이 도망쳤다는 뜻이다.

'부상자가 있으니까.'

이성적인 판단이다. 그쪽에는 부상자가 제법 많다. 우선 부상자를 바깥으로 옮겨야겠지. 이쪽을 지원하는 것은 그 다음의 이야기다. 부상자를 수습하고, 다른 공격대와 연합하여 다시 돌아오는 것이 옳은 선택이다. 비록 마주하게 되는 것이 처참한 시체일 뿐이라해도. 시체를 늘리는 것보다는 그 편이 옳다.

"…어디 한 번."

우현은 문을 향해 다가갔다. 다리가 후들거리고 있었다. 과부하의 부담이 채 가시지 않는다. 앞으로 못해도 한 시간은 앉아서 쉬어야 할 것이다. 하지만 이곳은 너무 위험해. 당장 유빈투스나 다른 네임드 몬스터가 출현한다면 우현으로서는 감당할 수가 없다. 우현은 손을 뻗었다. 투기를 끌어 올렸다. 그는 굳게 닫힌 문 위에 손을 올리고, 천천히 힘을 주어 밀어냈다.

하지만 문은 꿈쩍도 하지 않았다. 아무리 힘을 주어도, 조금도 움직이는 느낌이 없었다. 한참 동안 문을 밀며 씨름하던 우현은 결국 포기하고 그 자리에 털썩 주저앉았다. 열 명이 밀어서 간신히 사람 지나갈 정도로 열렸을 정도니, 우현 혼자서 용을 쓴다고 해서 문을 열 수 있을 리가 없었다.

'기다리면 누군가 오겠지.'

굳이 나래의 공격대가 아니라도 상관없다. 유빈투스의 성은 지금 내로라하는 타국의 길드들도 공략에 열을 올리고 있으니까. 이곳에 앉아 기다린다면 반드시 다른 공격대가 들어올 것이다. 그때 그들과 합류하던지, 아니면 열린 문 너머로 나가던지. 그런 선택을 하면 될 것이다. 우현은 마음을 편히 먹도록 노력했다. 그는 벽에 등을 기대고 앉아 물을 마시고, 주린 배에 음식을 조금 집어 넣었다.

그리고서는 생각을 정리했다. 명확하지 못한 것들이 더 많기는 했지만, 그는 데루가 마키나와의 만남과, 그리고 라스 프라다에게 이야기를 듣는 것으로 뿌옇던 진실에 대해 어느 정도 갈피를 잡았다. 데루가 마키나는 초월적인 무언가다. 우현은 차마 그녀를 신이라 생각하고 싶지 않았다. 하지만 그녀의 능력은 신에 비견 될 정도인 것은 틀림없었다. 다른 세계를 오가고, 죽은 사람들 되살리고. 신이라 하기에 충분한 능력이지 않은가.

'그리고 창조주라는 놈.'

오히려 신이라 부르는 것이 크게 어긋나지 않은 것은 이쪽이지 않은가. 라스 프라다를 비롯한 강력한 괴물을 만들어낸 놈. 데루가 마키나는 그 창조주를 판데모니엄 가장 깊은 곳에 처박았다. 그리고 그곳에 유폐된 창조주는 강력한 괴물을 만들어서.

…만들어서?

가로막혔다. 우현의 표정이 굳었다. 창조주는 왜 괴물을 만든 것이지? 라스 프라다가 말하기를, 자신과 같은 피조물은 데루가 마키나에게 복수하기 위해 만들어졌다고 했다. 복수가 가능한가? 창조주는 정말 데루가 마키나에게 복수를 다짐하고서 괴물을 만들었다면, 왜 그 괴물들이 사람을 죽이는 것이지? 왜 그 괴물들이 일정 시간이 지나면 현실에 나타나는 것이지?

'뭔가 빠졌어.'

그리고 우현은 그것에 대해서 생각할 수가 없었다. 그는 아무 것도 모르니까. 우현은 아랫입술을 잘근 씹었다. 답답했다. 죽었다가 다시 살아났고, 예전보다 강해졌다고는 하지만 그는 여전히 무력했다. 지금도 그렇다. 문 하나 열지 못해서 이렇게 주저앉아 기다리고 있지 않은가.

끼긱거리는 소리가 났다.

우현은 흠칫 놀라 문 쪽을 바라보았다. 천천히, 문이 움직이고 있었다. 바깥에서 열리는 것이다. 우현은 그 자리에서 벌떡 일어났다. 누군가가 들어오고 있다. 누구지? 나래는 아닐 것이다. 성의 입구에서 입구 게이트로 돌아가는 것만 해도 몇 시간은 걸릴 테니까. 우현은 꿀꺽 침을 삼키며 열리는 문을 바라보았다.

이윽고 문이 완전히 열렸다.

"어?"

놀란 소리. 우현의 얼굴이 싸늘하게 굳었다. 그 목소리는 우현이 알고 있는 목소리였나. 들어서는 열 다섯 명 중 선두에 선 놈이 보였다. 길게 빠진 클레이모어를 등 뒤에 걸치고 있는 놈이었다. 투구의 안면 가리개 덕에 얼굴은 보이지 않았다. 하지만 그 체격, 그리고 목소리. 우현은 비틀거리며 몸을 일으켰다.

"…하하."

자신도 모르게 웃음이 나왔다.

"씨발."

욕설이 뒤를 이었다. 상황은 최악이었다. 차라리 김상규나, 럭키 카운터를 만나도 이런 욕은 나오지 않았을 것이다. 그 경우에는 '만약'이라는 것이 있으니까. 하지만 이 경우에는 없다. 서커스다. 우현은 발을 슬쩍 뒤로 끌었다. 열린 문 틈 사이로 열 다섯명이 들어왔다.

우현이 단장을 알아보았듯, 단장 역시 우현을 알아보았다. 그는 눈을 끔벅거리며 우현을 바라보았다. 단장을 필두로 한 서커스는 나래가 남긴 흔적을 쫓아 이곳까지 왔다. 오는 길에, 나래의 공격대도 마주쳤다. 이쪽에서 먼저 알아차린 덕분에 정면으로 맞닥트리는 것은 피할 수 있었다. 성으로 향했던 나래가 왜 굳이 다시 길을 되돌아온 것인지, 그 이유는 알 수 없었지만. 부상자가 섞인 그 무리 중에서 우현은 없었다.

그를 의아하게 여겨 일단 성까지 오기는 했는데. 설마 여기 혼자 남아있을 줄이야. 왜 혼자 남은 거지? 단장은 그를 이해할 수가 없었다. 최악의 경우에는 우현이 죽었을 것이라 여겼다. 그럴 경우에 성에 시체가 남았다면, 그 시체를 회수하여 브로커에게 넘길 생각이었다. 시체가 남지 않았다면 아공간에 담겨져 있을 것이고, 그럴 경우에는 의뢰는 자연스럽게 취소된다. 어느 쪽이든 확인이 필요했다.

"너, 왜 여기에 혼자 있냐?"

단장이 물었다. 그는 안면 가리개를 올리며 물었다. 우현은 단장의 얼굴을 뚫어져라 노려보았다. 하얀 피부, 금발, 푸른 눈동자. 체격이 크다 싶었더니 서양인이었나.

"…넌 왜 여기에 있지?"

우현은 혹시나 하는 마음으로 물었다. 어쩌면, 서커스에게 전해졌던 우현을 죽이라는 의뢰는 취소되었을지도 모른다. 놈들은 그저 미공략된 던전에서 이익을 찾기 위해 왔을 지도 모른다. 그런 희망이었고,

"너 죽이러."

희망은 쓰레기통에 처박혔다. 역시 그렇군. 우현은 파브니르를 쥐었다. 머리의 두통은 아직 남아 있었고, 머리가 어지러웠다. 단장은 창백하게 질린 우현의 얼굴을 보았다. 그는 금이 가서 당장이라도 부러질 것 같은 우현의 검과, 땀에 젖은 그의 머리카락과, 엉망이 된 홀을 보았다. 홀에는 피와 살점이 엉켜있었

다. 그 뿐만이 아니었다. 사람의 시체가 남아있다.

'송하.'

단장의 시선이 우현을 향했다. 그는 미간을 살짝 찡그렸다. 아무리 주변을 살펴도 대체 이곳에서 무슨 일이 일어난 것인지 알 수가 없었기 때문이다. 단장은 결국 답답한 마음에 입을 열었다.

"너."

단장이 머리를 갸웃거렸다.

"대체 여기에 왜 남아 있는 거야? 여기서는 뭔 일이 있었고? 왜 송하가 뒈져서 저기 널브러져 있어? 오는 길에 나래의 공격대도 봤는데, 부상자 태반에 수도 줄어있더만. 나래의 길드 마스터는 보이지도 않고. 뭐야? 여기서 송하랑 한 판 떴냐?"

"…마주쳤다고?"

우현의 얼굴이 싸늘하게 식었다. 그 시선에 단장은 허허 웃더니 머리를 흔들었다.

"야, 야. 그렇게 보지 마. 난 말이야, 응? 지난번에도 말했잖아. 돈이면 다 한다고. 나한테 왔던 의뢰는 널 죽이는 것이지 다른 사람 죽이는 건 아니었단 말이야. 그러니까… 지난 번의 일은, 불가항력이었지. 너하나 죽이는 것이 힘드니까 다 죽이는 길을 택했을 뿐이라고. 하지만 이번에는 경우가 다르잖아. 너 없는

데 내가 왜 다른 사람 죽이냐? 사람은 무슨, 씨발. 미
친 살인마인줄 아나."

우현은 단장의 중얼거림에 어떻게 반응해야 할지
알수가 없었다. 돈이면 사람도 쉽게 죽인다고 말하던
그가, 자신을 미친 살인마인줄 아느냐 오히려 화를 내
고 있지 않은가. 하지만 확실한 것은 있었다. 단장은,
서커스는. 우현을 죽이기 위해 이곳에 있었다.

'…상황이 안 좋아.'

두통은 아직 가시지 않았다. 몸을 움직이는 것이
힘들다. 어지럽고, 눈앞은 흔들리고. 이 상태에서 열
다섯명이나 되는 인원을 잡을 수는 없다. 우현은 아직
열려있는 문을 힐끗 보았다. 문은 천천히 닫히고 있었
다.

"…나 죽일 거냐?"

우현이 물었고,

"응."

단장이 당연하다는 얼굴로 대답했다.

당연한 대답이었다. 돈을 받았으니 일을 하는 것
뿐이다. 단장은 그런 사람이었다. 우현은 한 걸음 뒤
로 물러섰다.

"돈 얼마나 받았냐?"

우현이 물었다. 상황은 절망적이었다. 만전의 상태

라면 또 모른다. 일대일로 단장을 압도할 자신은 있다. 단장의 무기가 바뀌었다. 쌍검에서 클레이모어로. 지난 번의 일로 놈도 느낀 것이 있을 테니, 클레이모어가 원래 단장이 쓰던 무기이리라.

하지만 놈이 만전에 전력을 다한다고 해도, 우현은 단장을 압도할 자신이 있었다. 정신 가속 능력까지 얻은 지금은 말할 것도 없다. 단장의 공격을 단 한 번도 허용하지 않고 일격에 죽일 자신이 있다. 하지만 지금은 아니다. 그는 지쳐있었다. 육체가 아닌, 정신이. 눈꺼풀이 무겁다. 눈을 감으면 당장이라도 잠들 수 있을 것 같았다.

"존나 많이 받았지."

단장이 대답했다. 우현은 그 말에 입꼬리를 올려 어떻게든 웃음을 만들었다.

"내가 그것보다 더 많이 줄 수 있을 것 같은데."

"허허."

우현의 말에 단장이 낮게 웃었다. 스릉거리며 클레이모어가 뽑혔다. 그는 천천히 머리를 흔들었다.

"사람을 개새끼로 아네. 야, 신용은 중요한 거야. 나같이 더럽고 추잡한 일 하는 사람한테는 더더욱. 내가 너한테 돈 받고 너 안 죽여 봐. 그러면… 그러면."

단장의 미간이 찡그려졌다.

"뭐, 나랑, 너랑… 여기 새끼들이 아가리 닥치고 있으면 아는 사람은 없겠다만. 근데 그건 또 모르는 일이거든. 내가 술에 개꼴아서 돈 받고 너 안 죽였다, 이렇게 떠벌릴 수도 있는 것이고. 내 똘마니들이 대장이 뒷돈 받았다 이렇게 떠벌릴 수도 있는 것이지. 왜, 그렇잖아. 어느 나라마다 그렇지 않냐? 뒷돈 받는 새끼가 아무리 조심해봐야 들킬 새끼는 들켜. 난 내가 들킬 새끼인지, 또 들키지 않을 새끼인지. 그 확신은 없거든."

단장은 낮게 웃었다.

"자격 박탈당할 때도 그랬지. 나는 몰래, 아무도 모르게 했다고 자신했거든? 근데 들켰어. 세상이 그런 거야. 내 생각처럼은 안 되지. 너는 나한테 돈 주고, 네 목숨 살리겠다고 생각할 지도 모르겠는데… 네 그 생각처럼 된다는 보장은 없다, 이 말씀이야. 뭔 소리인지 알겠냐?"

"어."

"뭔 소리인데?"

단장이 능청스레 웃으며 물었다. 우현은 파브니르를 들었다.

"네가 나 죽인다고."

"맞아. 너도 지난번에 나 죽일 뻔 했잖아? 아, 생각났다. 네가 말했었지. 다음에 또 보자고. 또 봤는데, 어떡하냐? 너 좆 됐어."

단장은 우현의 태도를 보고 확신했다. 놈의 컨디션은 지금 최악이다. 어떻게든 상황을 피하려는 것을 보니 틀림없다. 이곳에서 대체 무슨 일이 일어났던 것인지는 알 수 없지만, 뭐, 상관없다. 이쪽은 일만 끝내면 되니까. 단장은 여유를 갖고 우현에게 다가왔다.

우현은 한 걸음 뒤로 물러섰다. 씨발. 머리가 지끈거리며 아팠다. 다가오는 단장의 움직임이 흔들렸다. 재수가 없어. 기껏 라스 프라다를 쓰러트렸는데, 설마 서커스와 마주치게 될 줄이야.

우현은 손을 아래로 내렸다. 선택의 여지가 없었다. 과연 이것으로 상황을 돌파할 수 있을지, 없을지는 모르겠지만. 우현은 라스 프라다의 마석을 쥐었다. 단장의 시선이 바뀌었다. 라스 프라다의 마석은 손 안으로 감추기에는 너무 컸다.

"너, 그거…."

단장이 말을 마치기도 전이었다. 우현은 라스 프라다의 마석을 흡수했다. 뜨거운 기운이 손바닥 안으로부터해서 몸 안으로 쏟아져 들어왔다. 우현의 몸이 덜컹거리며 흔들렸다. 단장의 눈이 크게 떠졌다.

"죽여!"

단장이 고함을 질렀다.

손바닥 안으로 흘러 들어오는 기운이 몸 안을 태우는 것 같았다. 자신도 모르게 벌어진 입술에서 막힌 신음이 새어나왔다. 몸 안이 부글거리며 끓었다. 기운이 너무 뜨거워서, 피가 끓는 것 같았다. 쿵쿵거리는 소리가 들린다. 심장이 뛰는 소리, 또 발이 뛰는 소리. 흐릿한 시야가 순간 확장, 또 축소. 흔들린다. 지진이라도 난 것처럼. 좌우로, 또 상하로. 그리고 멈췄을 때.

우현은 한 걸음 뒤로 물러섰다.

콰아아!

우현의 몸에서 붉은 기류가 솟구쳤다. 우현은 비틀거리면서 그것을 보았다. 투기가 썰물처럼 빠져나갔다. 마석을 몇 개나 처먹고, 마지막으로 라스 프라다의 마석까지 먹으면서 보충한 투기인데. 그를 무색하게 할 정도로 빠르게 빠진다. 우현은 흔들리는 시야 너머로 자신의 주변에 떠도는 기류를 보았다.

"…이건…"

갑작스러운 변화에 당황하기는 했지만 서커스는 멈추지 않는다. 먼저 달려들은 몇 명이 우현을 향해 검을 휘둘렀다. 한 명을 상대로 너무 많잖아. 그런 생각을 하면서 우현은 손을 뻗었다. 파브니르를 쥐지 않은 손이었다. 뻗은 손을 조금, 움직였다.

안개가 움직였다. 그것은 사나운 파도처럼 정면에서 덤비던 서커스의 단원들을 덮쳤다.

"우아악!"

비명이 뒤섞였다. 안개에 얻어 맞은 단원들이 땅을 뒹굴었다. 우현은 그를 확인하지 못했다. 머리가 터질 것처럼 아파왔고, 그는 손으로 입을 틀어막았다. 구토감이 들었다. 당장이라도 몸을 숙이고 토하고 싶었다.

"뭐, 뭐야?"

단장이 당황한 소리를 냈다. 마석을 흡수하는가 싶었더니, 저게 대체 뭐란 말인가. 단장은 우현의 주변에서 흔들리는 붉은 안개의 무리를 보았다. 우현은 숨을 헐떡거리며 몇 걸음 더 뒤로 물러섰다. 그는 자신의 몸에 일어난 변화를 확실히 알았다. 안개를 다루는 능력은 우현이 죽인 라스 프라다의 능력이었다.

'마석을 먹고, 놈의 능력을 얻었다는 건가?'

이런 경우는 처음이다. 여태까지 네임드 몬스터에게서 뽑아낸 마석은, 일반 몬스터의 것보다 압도적으로 크다는 것을 제외하고서는 단순한 마석일 뿐이었다. 하지만 라스 프라다의 마석은 달랐다. 투기의 양이 거의 두 배 가까이 늘었고, 의식하지도 않고서 안개를 내뿜었다. 그리고 그 안개는 지금 우현의 의지대로 움직이고 있었다.

"…으윽…."

하지만 상황이 너무 안 좋다. 갑작스레 얻은 안개의 능력은 두통과 더해져서 우현의 정신을 좀먹고 있었다. 머리가 터질 것 같았다. 뇌의 주름 사이로 개미가 기어다니는 기분이었다. 개미가 뇌를 갉아먹고, 그 안에 산을 뿜는 기분이었다. 우현은 머리를 붙잡았다. 다리가 덜덜 떨렸다.

"뭐해! 저 새끼도 멀쩡하진 않잖아!"

단장이 직접 달려들었다. 우현은 달려드는 단장을 보며 까득 이를 갈았다. 그는 어떻게서든 손을 휘둘렀다. 안개가 우현의 손짓을 따라 단장을 덮쳤다. 하지만 단장은 이전까지의 단원들과는 격이 달랐다. 그는 재빠르게 안개를 피하고서는 우현을 향해 검을 휘둘렀다. 우현은 비틀거리면서 계속해서 안개를 움직였다. 콰앙! 단장이 휘두른 검을 간신히 안개로 막아냈다. 하지만 그 충격에 우현의 몸이 땅을 뒹굴었다.

"씨…발…!"

우현은 욕설을 뱉으며 몸을 일으켰다. 몸이 자신

의 것이 아닌 것 같았다.

쿠웅!

엎친데 덮친격으로 문까지 닫혔다. 우현은 조금
뒤로 밀려난 단장이 다시 자세를 잡는 것을 보았다.
정면으로는 무리야. 다 죽일 수는 없다. 그 전에 머
리가 터져 죽던지, 아니면 두통에 쓰러지던지. 우현
은 이를 갈면서 왼 손을 치켜 들었다. 손짓에 따라
위로 오른 안개가 허공에 어렸다.

콰콰쾅!

내리찍은 손짓에 안개가 땅으로 쏟아졌다. 홀이 통째
로 뒤흔들렸다. 충격에 단장이 뒤로 밀려났고, 서있던
이들이 자세를 잡지 못하고 땅을 나뒹굴었다. 우현은
그 틈에 몸을 돌렸다. 두통이 더욱 심해졌다. 술에 잔뜩
취한 것처럼 눈앞이 흔들렸다. 문으로는 갈 수 없다. 그
렇다면 어디로 가지? 우현은 나선 계단을 보았다.

선택지였다.

이곳에 있어도 죽는다. 몇 명은 더 죽일 수 있겠지
만, 결국 우현도 죽을 것이다. 그렇다면 계단을 오른
다면? 계단을 오르면 유빈투스가 있을까? 아니면 다
른 네임드 몬스터가 있을까? 어느 쪽이든 좋았다. 우
현은 비틀거리며 계단을 올랐다.

"쫓아!"

단장이 외쳤다. 그렇게 말하며 뛰려는 순간, 그는 욱신거리는 다리의 통증에 그만 앞으로 나뒹굴었다.

"니미…!"

가장 가까운 거리에서 충격을 받았다. 왼쪽 발목에서 욱신거리는 통증이 올라왔다. 부러진 것 같지는 않았지만 당장 뛰는 것도 무리였다.

"잡으라고!"

단장이 목이 터져라 외쳤다. 그 말에 다른 단원들이 우현의 뒤를 쫓았다. 우현은 비틀거리며 계단을 올랐다. 난간을 잡고 간신히 계단을 오르고 나서, 그는 손을 휘둘렀다. 안개가 움직였다. 우현은 계단을 중간부터 부숴버렸다. 추격을 잠시라도 막기 위해서였다.

계단을 올라 본 것은 복도였다. 기다란 복도였고, 방이 몇 개나 있었다. 우현은 헐떡거리며 조금 떨어진 방의 문을 열었다. 문을 잠근다. 얼마나 시간을 끌 수 있을까. 5분? 10분? 우현은 몸을 돌렸다.

"…하하."

이 경우는 운이 좋은 것일까, 아니면 나쁜 것일까. 우현은 벽에 나 있는 커다란 게이트를 보면서 생각했다. 던전 안의 또 다른 게이트. 세이브 포인트가 아니다. 게이트의 색은 옅은 보라색. 우현은 저 색의 게이트가 무엇을 의미하는 것인지 잘 알고 있었다.

시크릿 던전.

우현은 발을 끌면서 게이트로 향해 다가갔다. 어느 쪽이던, 시간을 끌 수는 있을 테니까.

발레리아는 박살난 계단의 잔해를 뛰어넘었다. 그녀는 운이 좋았다. 계단이 끊어지기 직전에 계단을 오를 수 있었기 때문이다. 그녀는 숨을 몰아쉬며 주변을 빠르게 둘러보았다. 우현이 비틀거리며 방으로 들어가는 것이 보였다. 그녀는 곧바로 우현을 쫓았다. 저 무식한 괴물을 자기 혼자서 잡을 수 있을 것이라는 생각은 조금도 없었다. 하지만 놈의 상태를 보아하니 놈역시 한계라는 것은 명확했다.

덜컹거리며 문이 걸렸다. 문이 잠긴 것이다. 발레리아는 미간을 찡그리며 발을 들어 올렸다. 콰직! 발길질 한 번에 문이 열렸다. 그녀는 곧바로 뒤로 물러서서 반격에 대비했다. 하지만 그녀가 생각한 것과 같은 반격은 없었다. 발레리아의 얼굴에 순간 의아함이 어렸다. 곧, 그녀의 눈이 크게 떠졌다.

사람 하나가 간신히 들어갈 만한 게이트가 벽에 생겨 있었다.

"시크릿 던전?"

발레리아가 놀란 목소리를 냈다. 놈은 아무래도 시크릿 던전으로 들어간 모양이었다. 발레리아는 잠시 동안 머뭇거렸다. 들어갈지, 말지. 곧 그녀는 발을 앞으로 뻗었다. 우현이 지친 것을 생각했고, 곧바로 다른 서커스의 단원들이 뒤를 쫓아 올 것을 믿었기 때문이다. 놈이 시크릿 던전 안에서 숨어버린다면 찾기가 귀찮아진다. 그러다가 놈이 조금이라도 회복한다면 상황은 반전될 터. 발레리아는 곧바로 게이트로 뛰어들어갔다.

발레리아가 들어가고 나서, 게이트가 닫혔다.

REVENGE

2. 라플라시아의 밀림

HUNTING

NEO MODERN FANTASY STORY & ADVANTURE

REVENGE
HUNTING

2. 라플라시아의 밀림

천천히 몸에 감각이 돌아왔다. 시커멓던 어둠이 걷
어졌다. 손끝이 움찔거리는 것이 느껴졌고, 지끈거리
는 통증만 가득하던 머리가 맑아졌다. 우현은 눈을 떴
다. 잠깐, 정신을 잃고 있었던 모양이다. 언제부터 정
신을 잃고 있었지? 잘 모르겠다. 시크릿 던전으로 들
어와서, 조금 걸었다. 어떻게든 몸을 숨기기 위해서
였다. 하지만 한계였고, 눈 앞이 흐려져서…

"…응?"

우현은 화들짝 놀랐다. 두통은 옅어졌지만, 그렇다
고 신체가 자유로운 것은 아니었다. 두꺼운 로프가
우현의 몸을 꽉 붙잡고 있었다. 살짝 몸을 움직였다.

로프는 단단히 조여져 있었고, 두꺼운 나무와 함께 감겨 우현의 몸을 잡고 있었다.

"일어났군."

담담한 목소리가 들렸다. 여자의 목소리였다. 우현은 흠칫 놀라 그쪽을 바라보았다. 투구를 쓴 누군가가 이쪽을 보고 있었다. 서커스다. 우현의 눈이 크게 떠졌다. 순간, 그는 이해할 수가 없었다. 왜 서커스가 자신을 구속하고 있단 말인가? 죽일 기회는 얼마든지 있었을 터인데.

"왜… 나를 묶은 것이지?"

우현이 물었다. 죽일 기회는 얼마든지 있었다. 하지만 저 녀석은 우현을 죽이지 않았다. 로프로 묶어두기는 했지만, 마음만 먹는다면 얼마든지 이를 끊을 수 있다는 것쯤은 저 녀석도 알 수 있을 것이다.

"죽일 기회는 많았지."

발레리아는 쓰고 있던 투구를 벗었다. 안면 가리개에 감춰졌던 발레리아의 맨 얼굴이 드러났다. 목소리를 통해 여자라는 것은 알고 있었지만, 우현의 상상과는 너무 다른 얼굴이었다. 발레리아는 땀에 젖은 앞머리를 옆으로 넘기면서 말을 이었다.

"파블로브 파블로비치 발레리아."

발레리아가 자신의 이름을 말했다. 그 말에 우현은

멈칫하여 미간을 찡그렸다. 파블로브 파블로비치.

"세르게이?"

우현이 물었다. 그 물음에 발레리아가 머리를 끄덕거렸다.

"그건 우리 오빠고."

발레리아는 그렇게 말하면서 검을 뽑았다. 스릉거리는 쇳소리가 우현을 긴장시켰다. 두통은 없다. 문제는 없다. 스멀거리는 안개가 우현의 주변을 떠돌았다. 의지를 내비침과 동시에 붉은 안개가 우현의 주변에 나타났다. 나름대로 이해했다. 안개를 쓰는 방법에 대해서는. 이것은 우현이 몸 안에 갖춘 투기가 형상화한 것이다. 라스 프라다가 가지고 있던 능력이 마석을 먹음으로서 우현에게 새겨진 것이다.

"아직 내 말 안 끝났어."

발레리아가 미간을 찡그리며 내뱉었다. 그렇게 말은 했지만 그녀는 잔뜩 긴장하여 검을 들었다. 정면 승부로 발레리아가 우현을 이길 수는 없다. 저 안개를 쓰지도 않고서 오빠인 세르게이가 압도당하여 죽을 정도의 부상을 입었는데. 그보다 실력이 떨어지는 발레리아가 어찌 우현에게 저항할까.

발레리아의 말에 우현은 잠깐 주춤했다. 발레리아는 우현을 죽일 수 있는 기회가 있었지만, 죽이지 않

있다. 그것을 나름의 빚으로 둬야 할까? 일단 이야기라도 들어보는 편이 낫겠군. 우현은 그렇게 생각하며 안개를 멈췄다.

"말해봐."

우현의 말에 발레리아는 안도의 한숨을 내쉬었다. 하지만 아직 안심하지는 않았다. 생각이 바뀌어 공격해 올지도 모르는 일이었으니까. 발레리아는 살짝 뒤로 물러서면서 입술을 열었다.

"갇혔어."

"…뭐?"

발레리아의 말에 우현이 멍하니 되물었다. 발레리아는 한숨을 쉬면서 뒤를 힐끗 보았다.

"갇혔다. 이곳에."

그 말에 우현은 발레리아의 어깨 너머를 바라보았다. 평온한 숲이 보였다.

"…무슨 말이지?"

"말 그대로야. 우리는 이곳에 갇혀버렸어."

발레리아가 미간을 찡그리며 말했다. 갇혔다. 다시 들어도 이해할 수가 없는 말이었다. 우현의 표정을 보고서 발레리아는 차근차근 설명을 시작했다. 그녀는 시크릿 던전 안으로 사라진 우현을 쫓아 게이트를 통과했다. 게이트에 통과하고 입성한 시크릿 던전의 이름은 '라플라시아의 밀림.' 그것을 확인하고, 발레리아가 몸을 돌린 순간.

그녀의 눈 앞에서 게이트가 사라졌다. 입구 게이트가 완전히 사라져 버린 것이다. 경악한 발레리아가 사라지는 게이트로 다시 들어가기 위해 움직였지만, 그녀가 통과하기도 전에 게이트가 완전히 사라졌다. 어찌할 줄 모르고 발레리아는 우선 기다렸다. 입구 게이트가 사라지기는 했지만, 외부의 게이트는 아직 남아 있을 지도 모른다. 그런 믿음으로 기다렸다. 십분, 삼십분, 한시간.

아무리 시간이 흘러도 다른 서커스의 단원들은 들어오지 않았다. 문을 박살내고 방 안으로 들어갔으니 알아차리지 못할 리가 없는데. 조금 더 기다리고서, 발레리아는 절망감에 확신했다. 외부의 게이트도 사라져 버렸다고. 입구 게이트처럼, 사라져 버렸다고. 그 말은 즉 외부에서 라플라시아의 밀림으로 들어 올 길이 완전히 소실되었다는 뜻이다. 라플라시아의 밀림에서 외부로 나가기 위해서는, 이 숲에서 게이트를 찾아야 한다.

"…그것과 나를 죽이지 않은 것이 무슨 상관이야?"

"나는 이 던전을 혼자 돌파할 자신이 없어."

발레리아가 솔직하게 말했다. 그녀의 실력은 A급
헌터 정도다. A급 헌터라면 다른 어디에서 꿀리는 실
력이 아니지만, 문제는 이 던전이 62번 던전 속의 시
크릿 던전이라는 것이다. A급 혼자서는 돌파할 수가
없다.

발레리아가 우현을 죽이지 않은 것이 그 이유였다.
어떻게든 던전에서 벗어나기 위해 이동하던 중에, 발
레리아는 수풀 속에서 쓰러져 있는 우현을 발견했다.
죽일까 하였지만, 죽이지 않았다. 죽여야 하는 타겟이
기는 하지만 지금의 상황에서 우현의 도움이 없다면
발레리아는 라플라시아의 밀림을 탈출할 수가 없었다.

"…그래서."

발레리아에게 모든 이야기를 들은 우현은 그녀를
향해 눈을 가늘게 떴다.

"나보고, 너를 도와 던전을 탈출할 수 있도록 도와
달라고?"

되묻는 질문에 발레리아는 긴장한 얼굴로 머리를
끄덕거렸다.

이것은 모험이다. 발레리아가 우현의 목숨을 살려
주었다고 하나, 우현이 그녀의 자비를 자비로 받아들
일 것인지 말지는 순전히 우현의 선택이다. 발레리아
가 아무리 목숨을 살려주었다는 것을 강조해도, 우현

이 발레리아를 죽이려 한다면 발레리아는 우현을 막을 수 없다.

"난 너를 죽일 수도 있어."

우현이 말했다. 그 말에 발레리아는 꿀꺽 침을 삼켰다. 맞는 말이야. 나는 저항할 수 없어. 몇 번이나 검을 마주할 수 있을까? 어쩌면 일격에 죽을 지도 모르지. 굳이 검을 휘두를 필요도 없을 지도 몰라. 놈은 괴물이다. 발레리아는 안개를 휘두르던 우현의 모습을 떠올렸다. 대체 그건 뭐였을까.

"···나에게는 이쪽이 가장 확률이 높았어."

발레리아가 중얼거렸다. 혼자서 던전을 돌파할 수 없다. 자살행위다. 끔찍하게 죽을 것이다. 몬스터에게 쓰러지고, 목숨이 붙은 상태로 잡아먹히겠지. 이쪽도 죽을 지도 모른다는 것은 똑같아. 하지만 전자보다 나은 것이, 우현은 인간이다. 인정에 기대할 수 있을까? 모르겠어. 발레리아는 한숨을 쉬면서 주먹을 움켜 쥐었다.

"···로프 풀어."

우현이 말했다. 그 말에 발레리아는 흠칫 놀라 우현을 바라보았다. 차갑게 식은 시선이 발레리아에게 꽂혔다. 발레리아는 아무런 말도 하지 않고 우현을 노려보았다.

"확답을 들어야겠어."

"로프 풀라니까."

발레리아는 한숨을 쉬면서 우현에게 다가왔다. 그녀는 조심스레 우현의 몸을 묶고 있던 로프를 풀었다. 우현은 몸을 일으켰다. 그는 뻐근한 손목을 풀면서 발레리아를 힐끗 보았다.

"죽이고 싶었으면 진작 죽였어."

우현은 그렇게 말하며 몸을 돌렸다. 어찌 되었든 발레리아가 우현을 죽이지 않았다는 것은 사실이다. 괜히 빚을 졌다는 기분을 느끼고 싶지 않았다. 발레리아는 숲 속으로 들어가는 우현의 뒤를 따랐다. 우현은 파브니르를 꺼내 손에 쥐고서 검신을 훑었다. 당장이라도 부러질 것 같았지만 어떻게든 쓸 수는 있을 것 같았다.

'…보수할 수 있을까?'

아마 불가능하겠지만. 우현은 그렇게 생각하면서 파브니르를 집어넣고 다른 검을 꺼냈다. 최우석이 남긴 검 중 하나였다. 바꿔 쥔 검이 손에 감기는 것이 조금 어색했지만, 그것은 쓰다보면 익숙해 질 것이다.

"…이 던전의 이름이 뭐라고?"

"라플라시아의 밀림."

급하게 들어오느라 게이트 위의 던전 이름을 확인하지 못했다. 라플라시아의 밀림. 그렇다면 보스 몬스터는 라플라시아인가. 시크릿 던전의 이야기는 몇 번이나 들었지만, 실제로 시크릿 던전에 들어온 것은 처음이다.

시크릿 던전을 찾으세요.

데루가 마키나가 했던 말이다. 그 괴물은 62번 던전부터 시작되는 분기점을 극복하기 위해서는 시크릿 던전을 찾아야 한다고 말했었다. 그 말은 시크릿 던전에 어떤 안배가 준비되었다는 것이리라. 왜 굳이 그런 방법을 쓴 것일까?

'놈은 완전히 개입할 수 없어.'

여태까지의 일로 확신했다. 데루가 마키나는 절대적인 존재이지만, 던전의 일에 대해서는 완전히 개입할 수 없다. 그 괴물이 할 수 있는 일은 직접적인 개입이 아니라 간접적인 것으로, 여태까지는 우현을 강화하는 것에 초점이 맞춰져 있었다. 하지만 이 던전을 기점으로 하여 던전의 난이도가 너무 올라버렸다. 시크릿 던전을 통해 헌터들을 강화하려는 것이 그녀의 속셈이리라.

"몬스터를 마주친 적은?"

"아직은 없어. 깊이 들어가지는 않았으니까."

뒤따르던 발레리아가 대답했다. 우현은 머리를 끄덕거렸다. 그녀로서도 죽고싶지는 않았을 테니까.

"네 실력은?"

우현이 물었다. 그 물음에 발레리아는 살짝 시선을 낮추었다.

"A급."

"등급 심사에서 나온 결과인가?"

"당시에는 B급이었지. 1년 전의 이야기야."

발레리아가 작은 목소리로 대답했다. 그녀는 오빠인 세르게이와는 경우가 달랐다. 세르게이는 일 년 전의 의도적으로 파티원들을 몰살시킨 것이 적발되어 등급이 박탈당하였지만, 발레리아는 그런 경우가 아니었다. 그녀는 스스로 자격을 반납했다. 반납이라고 해 봐야 등록증을 버리고 세르게이와 함께 불법적인 헌터 등록증을 위조한 것뿐이다.

"…세르게이는 친오빠인가?"

"응."

발레리아가 대답했다. 우현은 발레리아 쪽을 힐끗 돌아보았다.

"별로 안 닮았군."

중얼거리는 말에 발레리아가 미간을 찡그리며 우현을 쏘아보았다.

"무슨 말을 하고 싶은 거야?"

"멍청하다는 말."

우현은 그렇게 중얼거리며 다시 머리를 돌렸다. 우현의 말에 발레리아는 뺨을 씰룩거리며 주먹을 쥐었다. 그녀는 우현의 뒤통수를 한 대 갈기고 싶다는 충동을 느꼈다.

"…몬스터가 적군."

거의 한 시간을 이동했는데도 몬스터를 마주치지 않았다. 우현은 혀를 차며 하늘을 보았다. 어느덧 해가 저물고 있었다. 묵묵히 뒤를 따르던 발레리아가 걸음을 멈췄다.

"어떻게 할 거야?"

묻는 질문에 우현은 주변을 살폈다. 던전이라고 생각할 수 없을 정도로 숲은 평화롭게 느껴졌다. 하지만 그래봤자 던전은 던전이다. 안심하고 있다가 언제 몬스터가 튀어나올지 모르는 일이다. 우현은 뒤를 돌아보았다.

"야영한다."

우현으로서도 던전에서의 일을 최대한 빨리 끝내고 바깥으로 나가고 싶었지만, 밤중에 던전을 돌아다니는 것은 위험하고 미친 짓이다. 우현의 말에 발레리아가 살짝 머리를 끄덕거렸다. 던전에 몬스터가 출현하지 않는 것이 의아하기는 했지만, 그렇다고 해서 우현을 죽이지 않은 선택이 후회되지는 않았다. 일반 몬스터가 없다고는 해도, 이 던전의 이름이 라플라시아의 밀림인 이상 보스 몬스터인 라플라시아는 반드시 존재한다.

그리고 보스 몬스터를 쓰러트리지 않는 한 던전은 클리어 되지 않는다.

"꺄아아악!"

비명소리에 우현은 몸을 일으켰다. 누군지 고민할 것도 없었다. 발레리아의 비명이었다. 주변을 둘러보겠다고 자리를 떴었는데, 아무래도 무슨 일이 일어난 모양이었다. 우현은 혀를 차며 검을 들었다. 최우석이 남긴 검이다. 우현은 비명소리가 들린 방향을 향해 움직였다.

"···뭐야 저게?"

우현은 멍한 목소리를 냈다. 흐릿한 어둠 속에서 녹색의 무언가가 꿈틀거리고 있었고, 발레리아가 당황한 얼굴로 주저앉아 있었다. 그녀는 갑옷을 입고 있지 않았다. 왜? 그에 대한 생각은 뒤로 미뤘다. 우현은 검을 들고 발레리아를 향해 달려갔다.

"오, 오지 마!"

발레리아가 비명처럼 외쳤다. 그 외침에 우현은 멈

칫 굳었다.

"뭐?"

되묻는 말에 발레리아가 새빨갛게 달아오른 얼굴로 우현을 돌아보았다.

"오지 말라고!"

"…뭔 개소리야."

우현은 그 말을 무시했다. 당장 주저앉아 있는 주제에 무슨. 그는 그렇게 생각하면서 흔들리는 녹색의 촉수를 향해 다가갔다. 발을 뻗은 순간, 촉수가 쏘아졌다. 굳이 정신을 가속시킬 필요도 없었다. 제법 빠르기는 했지만, 피하지 못할 정도는 아니었다. 우현은 발을 끌어 거리를 벌리면서 검을 휘둘렀다. 방어벽의 저항을 생각했지만, 우현의 검이 휘두른 방향으로 촉수가 잘려나갔다.

"…뭐야?"

우현이 당황한 소리를 냈다. 방어벽의 저항이 아예 느껴지지 않았다. 일격에 방어벽을 부순 것이 아니라, 놈은 원래부터 방어벽을 갖추고 있지 않았다. 이런 경우는 처음이다. 우현의 세계에서도, 호정의 세계에서도. 판데모니엄의 모든 몬스터는 일반이건 네임드건 모두 방어벽을 갖추고 있었다. 그것이 당연했다.

"오지 말라니까…!"

발레리아가 당황한 외침을 뱉으며 꼼지락거렸다. 우현은 대체 그녀가 왜 그러는가 싶어서 시선을 내려 발레리아를 보았다. 곧, 그의 얼굴에도 작은 당황이 어렸다. 어둠 속이라 잘 보이지 않았지만, 발레리아 가 바지를 붙잡고 있는 것을 보았기 때문이다. 갑자기 주변을 둘러보겠다고 나가더니. 우현은 낮게 헛기침 을 하며 머리를 돌렸다.

"…미안하다."

일단은 사과했다. 사과해야 할 일이었으니까. 그 말에 발레리아는 오히려 머리를 푹 숙였다.

"개같은 새끼…."

중얼거리는 욕설이 들렸고, 우현은 억울함을 느꼈 다. 이 경우는 불가항력 아닌가.

그보다 저건 뭐지? 우현은 손에 쥐고 있던 랜턴을 몬 스터 쪽으로 비춰 보았다. 우현의 표정이 살짝 굳었다. 처음 보고서 연상한 것은, 꽃이었다. 두 발로 걸어 다 니는 꽃을 꽃이라고 할 수는 있겠냐만. 생긴 것은 네펜 데스처럼 생겼다. 위쪽의 그 둥그런 입을 앞으로 세우 고, 그 안에 달팽이처럼 촘촘히 이빨이 박혀 있기는 했 지만. 우현은 흔들리는 놈의 촉수를 보면서 혀를 찼다.

'…비명을 지를 만도 하지.'

몬스터가 한 마리 뿐이기는 했지만, 볼 일을 보던 중에 습격을 당한 것이다. 당황하여 비명이 나올 만도 하다. 우현은 발레리아를 보지 않으려 애쓰며 네펜데스를 향해 다가갔다. 놈이 위협스레 이빨을 딱딱거리며 촉수를 흔들었다. 검을 휘두르려다가, 우현은 멈칫했다. 안개 생각이 난 것이다. 기왕 이런 능력을 얻게 되었으니 활용해 보는 편이 낫겠지. 익숙해지기 위해서라도.

우현은 정신을 집중했다. 투기를 끌어 올리고 안개를 떠올렸다. 그러자 그의 몸에서 투기가 빠져나가며 붉은 안개가 되었다. 걱정했던 두통은 없었다. 아무래도 안개 자체는 두통을 유발하지 않는 듯 했다. 정신을 가속시키는 것이 문제였군. 하긴, 그 정도라면 머리가 아플 수밖에 없겠지만.

'대체 저게 뭐야?'

발레리아는 바지를 끌어 올리면서도 우현을 멍한 눈으로 바라보았다. 저런 능력을 가진 헌터, 아니, 사람은 보고 들은 적도 없었다. 아니, 저런 능력을 가진 사람을 애초에 인간이라고 해야 할까. 우현은 호흡을 고르며 안개를 움직였다. 움직이는 것은 어렵지 않았다. 이미지다. 안개가 어떻게 움직일지, 그것을 생각하면 안개가 그렇게 움직였다.

그렇다면 위력은 어떨까. 아까 전에 사용했을 때에는 달려드는 서커스의 단원들을 날려버릴 정도는 되었다. 몬스터를 상대로는? 우현은 안개를 움직였다. 안개는 투기와 똑같았다. 우현의 마음대로 위력을 조절할 수 있었다. 투기를 얼마나 불어넣느냐에 따라 안개의 위력이 달라진다. 상대는 방어벽을 갖지 못한 몬스터다. 투기를 그렇게 많이 쓸 필요는 없겠지. 우현은 그렇게 생각하며 안개로 공격했다. 꿈틀거리던 붉은 기류가 고슴도치가 가시를 세우는 것처럼 쏘아져 나갔다.

퍼퍼퍽!

순식간에 네펜데스의 몸에 무수한 구멍이 났다. 놈이 쓰러지는 것을 확인하고서 우현은 안개를 거두었다.

'…좋기는 한데.'

라스 프라다를 죽이고 얻은 마석에 왜 이런 능력이 붙어 있는 것인지 이해가 잘 되지 않았다. 이것도 데루가 마키나 나름의 안배인 것일까. 꼭두각시 신세로군. 우현은 한숨을 쉬면서 네펜데스의 시체로 다가갔다. 꿈틀거리는 시체를 향해 검을 들었다. 몇 번 내리찍자 네펜데스의 움직임이 완전히 멎었다.

"…끝났어."

우현은 뒤를 돌아보지 않고 말했다. 발레리아가 주춤거리며 몸을 일으켰다. 그녀는 무어라 말을 하려다가, 입술을 잘근 씹었다.

"…고마워."

결국 그녀가 뱉은 것은 인사였다. 그녀는 붉어진 얼굴을 돌렸다. 우현은 묵묵히 블랙 코브라를 뽑았다. 그는 네펜데스의 몸통을 가르고 심장을 찾았다. 이런 식물형 몬스터도 심장은 가지고 있다. 우현은 몸통 아래쪽에서 네펜데스의 심장을 찾았다. 그것을 가르고 피를 한 방울 떨어트렸다. 작은 마석이 만들어졌지만, 라스 프라다의 것처럼 특별히 뜨겁다거나 고동이 느껴지지는 않았다.

'놈이 특별했던 것이군.'

그렇다는 것은, 앞으로 등장하는 네임드 몬스터에게서도 라스 프라다처럼 능력이 깃든 마석을 얻을 수 있다는 것일까. 직접 확인해 보는 것 외에 방법은 없다. 우현은 몸을 일으켰다. 그는 뒤를 돌아 발레리아를 보았다.

"몬스터가 아예 없다고 생각했는데, 꼭 그런 것도 아닌 모양이야."

어쩌면 밤이 되어 몬스터들이 나도는 것일지도 모른다. 발레리아가 살짝 머리를 끄덕거렸다. 우현은 발레리아와 함께 야영지로 삼은 곳으로 돌아왔다. 몬스터가 나도는 이상 습격에 대한 대처를 해야 하겠지

만, 인원도 둘 뿐인지라 특별히 대처할 수단이 없었
다. 다행인 것은 습격하는 몬스터의 수준이 그렇게 높
지 않다는 것일까. 결국 우현과 발레리아가 나눠서 불
침번을 서는 수밖에 없었다.

아침이 될 때까지 몬스터가 몇 번 습격해왔다. 다
행히도 습격하는 몬스터는 무리가 아닌 한 마리씩이
었고, 다른 사람을 깨우지 않아도 대처할 정도는 되었
다. 그렇게 아침이 되었다. 조금 피곤하기는 했지만
어쩔 수 없었다. 우현은 무거운 눈꺼풀을 문지르며 아
공간에서 에너지 드링크를 꺼냈다. 그는 그 중 하나를
발레리아에게 건넸다.

"마셔."

"…고마워."

발레리아가 살짝 머리를 숙이며 우현에게서 음료
수를 받았다. 음료수를 마시고, 다시 이동을 시작했
다. 발레리아는 묵묵히 우현의 뒤를 따랐다. 내심, 그
녀는 이해할 수가 없었다. 목숨을 빚졌다 하여 자신을
죽이지는 않았지만, 우현은 그와 별개로 발레리아에
게 나름대로의 호의를 보이고 있었다.

"…왜 나를 챙겨주는 거야?"

발레리아가 참지 못하고 물었다. 그 물음에 우현은
뒤를 힐끗 보았다.

"마시라고 음료수 하나 준 것도 챙겨주는 건가?"

그 물음에 발레리아는 미간을 찡그리며 우현을 쏘아보았다. 그 시선에 우현은 천천히 머리를 흔들었다.

"나 혼자 마시면 민망하니까. 이유라 한다면 그게 전부야."

그 말에 발레리아가 조금 멍한 얼굴로 우현을 바라보았다. 우현은 어깨를 으쓱거리고서 다시 앞으로 걸었다. 그는 가로막는 수풀을 헤치고 나무에 표식을 남기면서 신중하게 앞으로 전진했다.

'낮에는 몬스터가 나오지 않아.'

몇 시간 정도 걷고서 우현은 그를 확신했다. 밤에는 몇 번이나 몬스터가 습격을 해 왔지만, 낮에는 그렇지 않았다. 이곳까지 오면서도 단 한 번도 몬스터를 마주치지 않았다. 기묘한 던전이었다.

'문제는 보스 몬스터인 라플라시아가 어디에 있느냐인데.'

일반 던전도 그렇지만, 보스 몬스터를 쓰러트리지 않는 한 게이트는 생성되지 않는다. 입구 게이트가 사라진 지금, 이 던전을 빠져나가기 위해서는 라플라시아를 쓰러트리는 수밖에 없다는 말이다. 하지만 단 둘이서 이 넓은 던전을 헤집기에는 시간이 너무 오래 걸린다. 최대한 빨리 밖으로 나가야 할 텐데.

지금 이 순간에도 다른 공격대가 유빈투스의 성을 공략하고 있을 지도 모르는 일이다. 어쩌면 나래의 공격대도 복귀했을 지도 모르고. 나를 죽었다고 생각하겠지. 우현은 쓰게 웃으며 생각했다. 시체 하나도 남지 않고 잡아 먹혔을 것이라 생각할 거야.

유빈투스의 성이 공략되는 것은 딱히 상관없다. 문제는 나래와 선하였다. 나래와의 연합이 아직 유지되고 있을런지는 모르겠지만, 최우석이 없고 박광호가 부상을 입은 나래가 던전을 공략하겠다고 나섰다가는 큰 피해를 입을 수도 있다. 던전에 출현하는 몬스터의 수준도 결코 낮지 않은 데다, 성에 있을 유빈투스와 유빈투스의 기사는 라스 프라다보다 강력할 것이다. 나래가 그를 맞닥트렸다가는 전멸하게 될 지도 모른다.

그렇게 되면 죽은 최우석을 볼 면목이 없다. 우현은 최대한 서둘러서 앞으로 나아갔다. 던전이 얼마나 넓을지는 모르겠지만, 일단 뒤질 수 있는 대로 던전을 최대한 뒤지겠다는 마음이었다.

하지만 사흘 동안 던전을 수색했음에도 우현은 아무런 소득도 얻지 못했다. 하루 내리 걸어서 우현은 숲의 끝에 닿았다. 던전의 끝. 숲의 끝. 그곳은 유리같은 벽으로 가로막혀 있다. 그 너머에 보이는 것은, 아무 것도 없다. 새하얀 백색만이 그 너머에 있을 뿐이다. 과거에 던전을 공략했을 당시에 몇 번이나 보았던 것이고, 이 세계의 던전의 끝도 다를 것은 없었다. 이 벽은 절대로 부서지지 않는다. 벽을 부셔서 밖으로 나가 봤자 바닥도 없는 하얀 공간에서 무엇을 할 수 있겠냐만.

그곳에서 다시 시작하여 숲을 헤집었다. 방향을 바꿔보기도 했고, 그러다가 자신이 남긴 표식이 남은 나무를 다시 만나기도 했다. 초조함이 들었다. 식량에는 제법 여유가 있기는 했지만 이 넓은 숲에 갇혔다는 기분은 버릴 수가 없었다. 그것은 발레리아도 마찬가지였다. 걱정과 고독감, 그리고 두려움. 그것이 가랑비처럼 우현과 발레리아를 적셨다.

"씨발."

일주일이 되었을 때. 우현은 욕설을 뱉었다. 면도를 하지 않아 수염이 조금 자랐고, 씻지 않은 몸에서 나는 악취에 익숙해졌을 때였다. 발레리아 역시 마찬가지였다. 우현은 주먹을 들어 벽을 후려 쳤다. 또 숲의 끝이다. 이번이 몇 번째지?

"대체 라플라시아는 어디에 있는 거야?"

우현은 거친 목소리로 내뱉었댜. 낮에도, 밤에도. 던전을 헤집고 있었지만 라플라시아를 마주친 적은 단 한 번도 없다.

"…진정해."

뒤에서 발레리아가 중얼거렸다. 힘이 없는 목소리였다. 절망감을 느끼는 것은 발레리아 역시 마찬가지였다.

"진정하라고? 지금 진정하게 생겼어?"

"진정하지 않으면?"

발레리아가 내뱉었다. 그녀는 눈에 힘을 주고 우현을 노려 보았다.

"이 숲에 우리 둘이 갇혀서, 뭘 어쩔 건데? 아담과 이브처럼 애라도 낳으면서 살자는 거야?"

"…갑자기 뭔 소리야?"

발레리아의 말에 우현은 조금 당황하여 그렇게 물었다. 발레리아는 크게 숨을 뱉더니 머리를 벅벅 긁었다.

"나도 몰라! 그러니까, 내가 하고 싶은 말은… 네가 아무리 화를 내 봐야 라플라시아가 그 목소리를 듣고 튀어나오는 일은 없을 것이라는 거야."

발레리아는 머리를 푹 숙이며 말했다. 우현은 그런 발레리아를 보면서 머뭇거리다가 시선을 피했다.

"…화 내서 미안해."

그는 그렇게 말하며 목을 주물렀다.

"…다시 들어가야겠군. 방향을 바꿔야겠어."

우현은 그렇게 중얼거리며 숲을 노려보았다.

하루, 이틀, 사흘, 나흘.

가지고 있는 식량이 동이 나기 시작했다. 물도 마찬가지였다. 어떻게든 던전 내에서 조달할 방법을 찾았다. 하지만 이 던전에는 짐승은 그 무엇도 없다. 흔해빠진 토끼와 다람쥐도 없다. 있는 것은 벌레와, 꽃과, 나무와, 그런 것뿐이다. 다행히도 물은 구할 수 있었다. 호수가 있었기 때문이다.

"물고기도 없어."

호수 안을 들여 보던 발레리아가 중얼거렸다. 결국 남은 식량을 최대한 분배하고, 줄이고, 먹을만한 것들을 찾는 수밖에 없었다. 그래봤자 풀 종류에 벌레다. 큼직한 애벌레는 의외로 먹을만하다고 느꼈지만, 비주얼은 끔찍했다. 처음에는 질색을 하던 발레리아도 식량이 떨어지자 어쩔 수 없이 벌레를 먹었다. 몇 번 토악질을 했고, 그것 외에 식량이 없었기에 어쩔 수 없이 다시 먹고.

그렇게 다시 일주일.

최근 들어서, 우현은 끔찍한 예감을 느꼈다. 라플라시아의 밀림에 갇힌 지 거의 3주일이 다 되어가는 시점이었고, 아직 라플라시아는 구경도 하지 못했다. 이제 숲을 조금만 돌아다니면 우현이 표식을 남긴 나무를 마주칠 수 있었다. 할 수 있는 모든 것은 다 했다. 숲의 대부분을 뒤졌다. 우현과 발레리아가 돌아다니지 않은 숲이 없다고 느낄 정도였다.

하지만 라플라시아는 없다. 어디에도 없다. 게이트도 없다. 우현이 느끼는 끔찍한 예감이 그것이었다. 어쩌면 이 숲에 라플라시아는 아예 없을 지도 모른다. 이것은 함정이다. 데루가 마키나가 우현을 속인 것이다. 우현은 다시는 바깥으로 나가지 못하고, 영영 이곳에 갇혀서… 이곳에서 나이를 먹고, 늙어서, 그렇게 죽을 지도 모른다.

"아담과 이브 같아."

발레리아 역시 우현의 심정에 공감하였다. 그녀는 초췌한 얼굴로 무릎을 끌어안았다. 우현은 그 말에 아무런 대답도 하지 못했다. 만약 정말 이것이 함정이라면. 이 던전에서 빠져나갈 수 있는 방법이 없다면. 우현과 발레리아는 정말로 아담과 이브가 된 것이다. 이 널찍한 숲에 먹을 수 있는 것은 곤충과 풀조각 뿐. 그것을 먹으며 목숨을 연명하는 사람은 우현과 발레리아 둘 뿐. 오싹 소름이 돋았다. 평생을 이곳에서 둘이서 살아야 한다고?

"…이브가 되고 싶다는 거야?"

"미쳤어?"

우현은 발레리아를 힐끗 보면서 물었고, 그 질문에 발레리아는 정색하고서 대답했다. 그 반응에 우현은 조금 상처를 입었다. 그렇게 못난 얼굴은 아니라고 생각하는데. 그는 타닥거리며 타는 모닥불을 멍한 눈으로 바라보았다.

"…하지만 어쩔 수 없잖아."

발레리아는 머리를 푹 숙이며 중얼거렸다. 그 대답에 우현은 마주 머리를 끄덕거렸다.

"그래, 어쩔 수 없지."

그는 그렇게 중얼거리면서 꼬챙이를 끼운 애벌레를 조금 돌렸다. 만약, 바깥이 멸망한다면. 데루가 마키나든 다른 몬스터에 의해서 멸망해 버린다면. 이 세계에 남은 인간은 우현과 발레리아 단 둘이 되는 것일까. 단 둘이 셋이 되고, 넷이 되고… 우현은 몸을 부들거리며 떨었다.

"…호수."

그러다가, 우현은 퍼뜩 정신을 차렸다. 그는 벌떡 일어났다. 시무룩한 얼굴로 주저앉아 있던 발레리아가 흠칫 놀라 우현을 바라보았다.

"호, 호수?"

몸을 씻으라는 거야? 이 미친놈이. 발레리아는 얼굴을 붉게 물들이고 입술을 뻐끔거렸다.

"호수 안은 안 뒤져봤어."

우현이 내뱉었다. 그 말에 발레리아의 눈이 크게 떠졌다. 우현의 말대로였다. 숲은 전부 뒤져보았지만, 호수는 뒤져보지 않았다.

"호수 안으로 들어가겠다고?"

발레리아는 어이가 없다는 얼굴로 그렇게 물었다. 그 물음에 우현은 잠시 머뭇거렸다. 수영은 할 줄 알지만, 호수가 얼마나 깊은지는 모른다. 게다가 수중에서 몬스터와, 그것도 시크릿 던전의 보스 몬스터와 싸운다니.

"…일단 가보고."

우현은 그렇게 말하며 랜턴을 들었다.

"지금 바로 가자고?"

발레리아가 당황하여 물었다. 해는 이미 저물어 있었다. 우현은 머리를 끄덕거렸다. 그는 꼬치를 들어 구운 애벌레를 한 입에 씹어 삼켰다. 입 안에서 터지는 진액에 얼굴이 일그러졌지만 배는 채워야 했다. 당장 싸우게 될 지도 모르는 일이니까.

가로막는 몬스터들을 쓸어버리면서 우현은 호수로 향했다. 식수를 조달하기 위해 몇 번이나 호수로 갔었기에, 가는 길은 완전히 외우고 있었다. 한 시간 정도 걸었을까. 우현과 발레리아는 호수에 도착했다. 밤이

깊었고, 달이 밝았다. 우현은 달빛에 반짝거리는 호수의 표면을 내려 보았다.

"…지금 들어갈 거야?"

발레리아가 물었다. 우현은 머리를 흔들었다.

"들어가면 앞도 보이지 않을 거야."

그는 그렇게 말하며 적당한 자리에 주저앉았다. 발레리아가 말없이 우현의 곁에 앉았다.

"…그럼, 여기서 대기하게?"

"밤에 나올 지도 모르니까."

우현은 그렇게 말하면서 하늘을 힐끗 보았다. 네임드 몬스터의 출현 패턴에 대해서 생각했다. 그것을 특정하는 자료는 선하와 함께 잡았던 네임드 몬스터들이었다. 네임드 몬스터는 랜덤으로 출현하는 것처럼 보이지만, 사실은 일정한 주기를 가지고 출현한다. 날짜, 시간, 장소. 어쩌면 라플라시아도 그런 몬스터일지도 모른다. 그럴 경우 라플라시아를 마주치는 것은 더욱 힘들어진다. 아무리 장소가 특정되어도, 날짜가 맞지 않아 마주치지 못한 것이라면? 시간이 맞지 않은 것이라면? 애당초 장소가 특정되지 않은 것이라면? 당장 이 호숫가가 라플라시아의 영역이라고 해도, 시간과 날짜가 안 맞는 것이라면 아무리 대기를 한 들 라플라시아를 만날 수는 없다.

변수에 대해 생각해 보았다. 달인가? 우현은 하늘에 뜬 달을 노려보았다. 아니, 달은 아니다. 이곳에 온 이래 달은 언제나 밝은 보름달이었다. 그렇다면 시간? 이 호수가 라플라시아의 영역이라는 증거는 어디에도 없다. 장소를 이곳이라 가정한다고 해도 며칠을 이곳에서 대기해야 할지 모른다.

"…정말 아담과 이브가 될 지도 모르겠는걸."

우현은 절망감에 중얼거렸고, 옆에 앉은 발레리아는 입술을 삐죽거렸다.

"괜히 따라 들어왔어."

그녀가 중얼거렸다.

"누가 따라오래?"

우현은 눈을 흘겨 발레리아를 쳐다보았다. 아름다운 만남은 아니었지만 이래나 저래나 근 삼 주를 함께 지내다 보니 어느 정도 정이 붙을 수밖에 없다.

"돌아가야 해."

우현은 작은 목소리로 중얼거렸다. 이 던전에 갇혀 평생을 지내는 것은 사양이다. 그는 돌아가야만 했다. 어깨가 무거운 것을 느꼈다.

그 날 이후 우현과 발레리아는 호숫가를 거점으로 잡고 탐색을 시작했다. 해가 뜨는대로 우현은 호수로 들어가서, 탐색할 수 있는 깊이까지 들어갔다. 하지만 호수는 너무 깊었다. 아무리 숨을 참아도 전문 장비도 없으니 호수 바닥까지 들어갈 수 있을 리가 없다. 그렇게 다시 하루, 이틀, 사흘, 나흘,

그리고 일주일.

포기하고, 무뎌졌을 즈음이었다. 호숫가를 주둔지로 삼아서 나아진 것은, 매일 목욕을 할 수 있다는 것 정도였다. 어쩌면 이곳에서 살아가는 것도 나쁘지 않을 지도 모르지. 벌레의 맛도, 풀의 맛도. 슬슬 익숙해졌다. 발레리아 정도면 나쁘지 않은 여자야. 진지하게 그런 생각도 들었다. 아이를 낳으면 이름을 뭐로 할까. 한국인과 러시아인의 혼혈이면 어떻게 생겼을까. 내가 발레리아와 아이를 낳고, 남자 아이와, 여자 아이와… 그리고 다시… 잠깐, 그건 근친상간이잖아. 그래도 되는 거야? 처음의 탈출에 대한 열정은 완전히 사그러들어서, 반짝거리는 호수를 바라보는 것이 일상이 되었다. 쓸데기없는 잡생각이 머리를 떠돌았다. 그늘이었고, 옆에는 발레리아가 앉아있었다. 무릎을 끌어안고 있는 발레리아를 힐끗 보았다.

"…며칠이나 되었지?"

"한 달은 넘었어."

발렐리아의 물음에 우현이 대답했다. 발렐리아는 시선을 아래로 푹 떨궜다.

"정말 여기서 나가지 못하게 되는 거야?"

묻는 질문에 우현은 대답할 수 없었다. 빌어먹을 데루가 마키나, 보고 있다면 도와주던지 좀 해.

"…앞으로…"

발레리아의 시선이 우현에게 향했다. 그녀의 얼굴이 조금 붉어졌다. 거리가 가깝다. 묘한 충동이 일었다. 앞으로는 어떻게 될까. 평생 이 던전에 갇힌다면? 발레리아와 단 둘이? 둘이 셋이되고, 넷이 되고… 그럼 근친상간이잖아. 아담과 이브가 정말 최초의 인간이었다면, 결국 사람은 죄다 근친상간으로 태어난 거야. 그러니까 문제없지 않을까, 뭔 병신 같은 생각을 하고 있는 거야? 꼼지락거리는 발레리아의 손이 우현의 손 끝에 닿았다. 두근거리는 가슴의 고동이 커졌다. 거리가 가까워. 숨결이 닿잖아. 양치질을 했던가? 가글은 했는데. 꿀꺽 침을 삼켰다. 발레리아의 손이 우현의 손등을 덮었고, 거리가 조금 더 가까워졌다. 그녀의 파란 눈이 보였다. 그리고,

콰아아아!

땅이 뒤흔들렸다. 크게 위로 솟구친 호수의 표면이 뒤흔들렸다. 우현은 화들짝 놀라 호수 쪽을 바라보았다. 쏟아지는 물이 햇빛에 비춰 무지개를 만들었다. 이곳까지 튀긴 물방울이 비처럼 쏟아졌다.

"…라플라시아!"

우현은 경악하여 외쳤다. 그는 벌떡 일어섰다. 서로간에 흐르던 미묘한 분위기가 완전히 박살났다. 발레리아 역시 놀란 얼굴로 일어섰다. 그녀는 긴장한 얼굴로 호수 쪽을 바라보았다. 그것은 거대한 꽃의 봉오리였다. 크다. 우현은 검을 꺼내 쥐었다. 방금 전의 미묘한 분위기나, 발레리아의 숨결과, 그녀의 푸른 눈. 그 잡다한 것이 머릿속에서 깨끗하게 사라졌다. 발레리아 역시 마찬가지였다. 그녀 역시 검을 뽑고서 라플라시아를 올려 보았다.

〈라플라시아〉

카운트는 없다. 보이는 것은 이름 뿐. 우현은 검을 꽉 쥐고서 놈을 바라보았다. 봉오리가 천천히 흔들렸다. 물은 더 이상 쏟아지지 않았다. 햇빛을 받은 봉우리가 환히 빛났다. 천천히, 천천히. 꽃봉오리가 벌어지기 시작했다.

아아아아!

호수의 표면이 뒤흔들렸다. 커다란 외침이 허공을 울렸다. 우현은 자신도 모르게 귀를 틀어막았다. 그는 주춤거리며 뒤로 물러섰다. 벌어진 꽃잎의 사이에서 여자의 나신이 몸을 일으켰다. 녹색 머리카락은 촉수처럼 꿈틀거리고, 동공이 없는 붉은 눈동자가 이쪽을 쏘아보았다.

"…이거…"

우현은 꿀꺽 침을 삼켰다. 거대한 크기, 그리고 비주얼. 솔직히 압도되었다. 놈이 천천히 움직였다. 놈은 물 위에 떠있었고, 꽃을 받치는 줄기에서 돋아난 촉수가 노가 되어 놈의 몸을 앞으로 이동시켰다. 물살이 갈라지고 라플라시아가 천천히 다가왔다. 너무커. 우선해서 한 생각은 그것이었다. 동시에

반가움이 들었다.

"…잘 만났다."

한 달 동안 이곳에 처박혔다. 애벌레를 구워먹고, 풀을 뜯어 먹고.

아담과 이브는 개뿔이.

흔들거리던 촉수가 우현을 향해 날아왔다. 우현은 몸을 뒤로 빼는 대신에, 우선 검을 들었다. 라플라시아의 밀림에 출현하던 몬스터는 방어벽을 갖지 않았다. 라플라시아는 어떨까? 촤악! 휘두른 검에 촉수가 베어졌다. 놈은 방어벽이 없다. 그것은 다행인 일이었다. 놈에게 방어벽이 있었다면 전투가 길어졌을 것이다. 아무리 우현이 강해졌다고는 하나, 보스 몬스터인 라플라시아를 혼자서 잡는다는 자신은 없었다. 하지만 놈에게 방어벽이 없다면 본체를 공격하는 것

으로 전투를 빨리 끝낼 수 있다.

'하지만 너무 높아.'

게다가 놈은 아직 호수에 있다. 우현은 물 위에서 뛰어다닐 수 없다. 그렇다면 놈을 뒤로 빠지게 하는 수밖에 없다. 일단 조금 약을 올려두는 편이 나을까. 우현은 그렇게 생각하며 안개를 만들었다. 휘두른 안개가 라플라시아를 향해 쏘아졌다.

콰앙!

얻어 맞은 충격에 라플라시아의 머리가 뒤로 휘청거렸다. 그것, 그녀라고 해야 할까? 헐벗은 몸은 여자의 것이었다. 그리 보기 좋은 광경은 아니었다.

"까아아아!"

라플라시아가 비명같은 외침을 질렀다. 아프다, 라기 보다는 분노하여 지르는 외침 같았다. 우현으로서는 어느 쪽이든 상관없었다. 라플라시아의 움직임이 빨라졌다. 우현은 호수 밖으로 나오는 라플라시아의 거리를 견제하면서 뒷걸음질을 쳤다.

"나는 어떻게 해?"

곁에 선 발레리아가 긴장한 얼굴로 물었다. 우현은 잠시 생각에 잠겼다. 발레리아의 실력은 나쁘지 않다. 오히려 준수한 편이다.

"뒤로 빠져 있어."

발레리아를 걱정해서 내린 판단은 아니다. 발레리아와 함께 싸웠다가는 어그로가 분산된다. 물론 발레리아가 우현보다 강한 공격을 넣을 수는 없겠지만, 라플라시아가 라스 프라다처럼 생각을 할 줄 아는 놈이라면 우현보다 발레리아를 먼저 걷어내려고 할 것이다. 그럴 경우 일이 귀찮아진다. 오히려 혼자 싸우는 것이 어그로를 관리하기도 편하다. 방어벽도 없는 이상 딜량이 부족한 것도 아니고. 우현의 말에 발레리아는 살짝 머리를 끄덕거렸다.

"조심해."

그녀가 중얼거렸다. 그 말에 우현은 피식 웃었다.

"걱정은."

그는 그렇게 대답하며 조금 더 몸을 뒤로 뺐다. 발레리아도 멀찍이 떨어졌다. 호수 바깥으로 기어나오는 라플라시아가 촉수를 흔들며 끔찍한 소리를 냈다. 고막을 찢는 것처럼 날카로운 소리였다. 이윽고, 놈이 완전히 호수 바깥으로 빠져나왔다. 우현은 라플라시아의 형태를 다시 확인했다. 놈은 다리가 없었다. 대신 두꺼운 넝쿨을 촉수처럼 움직이며 그를 써서 이동하고 있었다. 우현은 놈의 높이를 확인했다. 4m 정도. 힘을 주어 도약한다면 저 정도면 닿을 수 있다.

'그보다는 놈을 내려오게 하는 편이 낫겠군.'

공중에서는 움직임이 제한된다. 반면에 놈은 촉수를 자유자재로 휘두르니 우현보다 상황이 훨씬 낫다. 괜히 공중으로 뛰어 올랐다가 촉수에 잡히기라고 한다면 뒷일이 막막해진다. 우현은 결정을 내리고 라플라시아가 조금 더 다가오도록 거리를 벌렸다. 물론 그렇게 하면서도 안개를 사용해 놈을 자극하는 것은 잊지 않았다.

안개의 능력은 우현에게 부족한 것을 확실히 메워 주었다. 검을 쓰는 이상 우현의 공격거리는 한정되어 있다. 하지만 안개를 쓴다면 원거리에서도 어느 정도의 견제는 가능해진다. 투기를 조금 더 밀어 넣는다면 안개의 위력을 강화할 수 있겠지만, 굳이 그러지는 않았다. 안개는 투기를 너무 많이 소모한다. 투기의 양이 더 늘어난다면 모를까, 안개만을 공격 수단으로 쓰기에는 이쪽의 부담이 크다.

'방어벽은 없지만 제법 단단하군.'

안개를 날카롭게 만들어서 꿰뚫으려 해도 라플라시아의 몸을 관통할 수는 없었다. 결국 직접 검을 휘두르는 수밖에 없다는 뜻이다. 파브니르를 쓸 수 있다면 좋을 텐데. 최우석이 남긴 검도 좋기는 했지만, 아무래도 파브니르와 비교하면 격이 딸렸다. 하지만 파브니르는 부러지기 직전이라 휘두를 수 없다.

라플라시아가 조금 더 다가오고 나서, 우현은 땅을 박찼다. 그는 순식간에 가속하며 라플라시아를 향해 달려들었다. 놈의 촉수가 화살처럼 쏘아졌다. 하나, 둘, 우현은 세는 것을 포기했다. 열 개가 넘는 촉수가 우현을 덮쳤다. 우현의 몸 안에서 투기가 빠르게 회전했다.

엔진이 가동되었다.

파바박!

라플라시아의 촉수가 땅을 꿰뚫는다. 그 중 무엇도 우현에게 닿지 않았다. 아직은 괜찮다. 두통은 느껴지지 않는다. 익숙해져야 해. 우현은 검을 당겼다.

촤아악!

휘두른 검이 촉수를 끊어냈다. 무릎을 살짝 굽히고, 튕겼다. 우현의 몸이 더욱 빨라졌다. 엔진을 잠시 멈춘다. 정신 가속은 이쪽이 끌어안아야 할 부담이 너무 크다. 장기간 사용할 수는 없다. 필요할 때에 짧게 짧게 끊어 사용하는 것이 나으리라.

거리가 순식간에 좁혀졌다. 우현은 이곳까지 라플라시아를 끌고 오면서 파악할 것은 모두 파악해 놓았다. 놈의 기동력은 극단적으로 떨어진다. 스스로 다리를 갖지 못하고, 촉수로 몸을 끌어내는 식으로 밖에 움직일 수 없다. 그렇다면 그것을 위주로 철저하게 공략한다. 라플라시아는 느리지만, 우현은 빠르다.

파바박!

휘두른 검이 라플라시아의 몸통을 스쳤다. 두껍고 질겨. 처음 검을 휘둘렀을 때 느낀 것은 그것이었다. 촉수가 우현의 머리 위로 떨어졌다.

파앙!

머리 위로 올라 온 안개가 라플라시아의 촉수를 쳐냈다.

'방어로도 쓸 수 있군.'

새로운 것을 알았다. 하지만 피하는 것이 나아. 괜히 신경이 분산되니까. 다시 집중한다.

써걱!

휘두르는 촉수를 잘라냈다. 제법 많이 잘라낸 것 같은데, 촉수가 워낙에 많아서 잘라도 티가 나지 않는다.

그렇다면 계속해서 자르면 된다. 우현은 쉬지 않고 움직였다. 한 두 개의 촉수는 그냥 베어냈고, 촉수가 너무 많고 거리가 마땅치 않으면 정신을 가속시켰다. 발레리아가 보기에는, 그것은 일방적인 도살이었다. 라플라시아가 쉴 새 없이 촉수를 휘두르며 우현을 잡으려 들었지만, 우현은 휘둘러지는 촉수를 모두 피해냈다. 사람의 몸이 저렇게도 움직일 수 있구나. 발레리아는 멍한 기분이 되어 그렇게 생각했다.

왼쪽 옆구리. 허리를 비틀어, 그보다는 아예 앞으로 빠지는 편이 낫겠군. 무릎을 굽히고… 생각이 멈추지 않았다. 가속 세계에서 우현의 생각은 아주 느리게 흐른다. 찰나의 찰나에 몇 십 몇 백의 방법을 떠올린다. 그리고 그것 중 하나를 선택해서 움직인다. 짧은 순간에 뇌를 이렇게 굴려대니 머리가 아플 수밖에 없지. 촉수의 사이를 파고들어 녹색의 몸통을 노려본다. 거대한 줄기를 보았다. 그 위에 꽃받침이 있고, 꽃잎이 있고,

그 위에 라플라시아의 본체가 있다. 도약은 위험해. 내려오게 할 수밖에. 양 손으로 검을 잡았다. 거리를 최대한 좁히고, 투기를 압축하고, 스위치를 올리고, 할 게 많군.

그런 생각을 하면서 검을 휘둘렀다.

콰직!

질린 줄기를 끊어내고 라플라시아의 몸이 크게 휘청거렸다. 절반, 아니 그보다 안되는군. 우현은 다시 검을 들었다.

"위험해!"

등 뒤에서 목소리가 들렸다. 친절도 하셔라. 우현

은 허리를 젖혔다.

쐐액!

라플라시아의 촉수가 우현을 아슬하게 스쳐 지나
갔다. 확실히 위험했다. 맞았으면 뼈가 부러졌을 거
야. 허리를 젖힌 체로 몸을 비틀었다. 한 번 더.

콰직!

다시 휘두른 검이 라플라시아의 줄기를 끊어냈다.

"까아아아아!"

라플라시아가 비명을 질렀다. 시끄러운 비명이다.
조금 더 공격을 할까 했지만 촉수가 사방에서 압박해
들어왔다. 지금은 몸을 빼는 편이 나을 것 같았다. 방
어벽이 없다는 것만으로 보스 몬스터의 난이도는 체
감이 가능할 정도로 크게 내려간다. 만약 방어벽이 있
었다면 라플라시아는 까다로운 몬스터였을 것이다.
장거리에서 촉수로 견제가 가능한데다 기동력이 없
다는 것을 제외하면 약점이 없다. 탱커가 정면에서 마
크하려고 해도 촉수의 개수가 너무 많아 변수가 많아
진다.

하지만 방어벽이 없는 이상 단단한 샌드백일 뿐이
다. 적어도, 우현에게 있어서는 그랬다. 정신가속이
가능해진 이상 그는 절대적인 회피력을 갖게 된 것과
같았다. 그것에 스위치가 겹쳐진다면 우현은 유령과

같은 존재가 된다. 눈으로 보여도, 닿을 수 없다. 우현에게 닿기에는 라플라시아의 촉수는 너무 느리다.

콰직!

그리고 휘두른 검이 라플라시아의 꽃잎을 받치고 있던 줄기를 완전히 잘라낸다. 찢어지는 비명과 함께 라플라시아의 몸이 앞으로 쓰러졌다. 우현은 놈이 떨어지기 전에 몸을 완전히 빼냈다.

쿠웅!

쓰러진 라플라시아가 버둥거렸다. 우현은 참았던 호흡을 내뱉으며 이마를 타고 흐르는 땀을 손등으로 닦아냈다. 20분 정도 걸렸나. 방어벽이 없다고는 해도 혼자서 네임드 몬스터를 상대하는 것은 부담이 컸다. 공격 하나를 맞는다면 죽을 지도 모르는데다가 커버해줄 사람도 없으니까.

"…슬슬 끝이군."

우현은 그렇게 중얼거리며 검을 들어 올렸다. 그는 미간을 살짝 찡그렸다. 집중하느라 느끼지 못했는데, 검신이 당장이라도 부러질 것처럼 균열이 거미줄처럼 퍼져 있었다. 생각보다 내구도가 별로였던 모양이다. 우현은 검을 버리고 다른 검을 꺼내 쥐었다.

"…응?"

라플라시아가 입을 벌렸다. 놈의 꽃잎이 넓게 퍼졌

다. 그것을 보고, 우현은 심상찮은 위기감을 느꼈다. 이 거리라면 피할 수 없다. 엔진을 최대한 올리고 스위치를 최속으로 바꿨다. 발을 뒤로 끌었다. 라플라시아의 입이 벌어지는 것, 벌려진 꽃잎이 파들거리며 떨리는 것이 느리게 보였다.

콰아아아아!

시커먼 빛이 쏘아졌다. 우현은 궤적에서 벗어나기 위해 몸을 날렸다.

"꺄아악!"

발레리아가 놀란 비명을 질렀다. 라플라시아가 내뿜은 것은 강력한 독액이었다. 닿은 나무가 그 자리에서 녹아내리고 땅이 시커멓게 변색되었다. 우현은 얼굴을 일그러트리며 내던진 검이 녹아 내리는 것을 보았다.

"이런 미친."

뒤로 빼는 것이 조금이라도 늦었다가는 독액을 맨몸으로 받아내야 했을 것이다. 우현은 욕설을 내뱉으며 새로운 검을 꺼내 쥐었다. 라플라시아는 설마 우현이 그 위치에서 피할 것이라고는 상상하지 못한 듯 했다. 놈은 다시 입을 벌려 우현을 향해 머리를 돌렸다. 꽃잎이 파들거리며 떨린다. 꿀럭거리는 소리와 함께 놈의 목이 들썩거렸다.

콰아아아!

다시 독액이 쏘아졌다.

하지만 맞지 않는다. 우현은 안개를 휘둘러 라플라시아의 머리를 갈겨버렸다. 놈이 내뿜은 독액이 애초에 노렸던 곳과 다른 곳으로 뿜어졌다. 그 사이에 우현은 라플라시아를 향해 달려들었다.

파바박!

매섭게 휘두른 검이 라플라시아의 꽃잎을 끊어냈다. 라플라시아는 어떻게든 우현을 떨쳐내기 위해 촉수를 휘둘렀지만, 그 역시 우현에게 맞지 않았다. 오히려 검이 휘둘러짐에 따라 촉수가 끊겨 허공으로 솟구쳤다. 놈이 독액을 뿜는 것에 놀라기는 했지만, 라플라시아는 독액을 뿜기 전에 조금의 시간을 필요로 했다.

그렇다면 시간을 주지 않으면 된다.

속공, 속공. 꽃잎이 허공으로 비산했다. 라플라시아가 양 팔을 휘둘렀다. 무의미한 저항이었다. 우현이 쥔 검이 그의 손 안에서 빙글 돌았다.

써걱!

위로 처올린 검이 라플라시아의 팔을 잘라 냈다. 거리가 가깝다. 놈의 입이 벌어진다. 독액을 뿜으려는 것이다. 콰직! 우현의 발이 라플라시아의 딕을 갈겨 버렸다. 휘청거리며 넘어가는 놈의 목을 향해 검을 휘둘렀다.

"…후우."

끝이다. 잘려진 라플라시아의 머리가 땅을 뒹굴었다. 놈의 촉수가 파들거리더니 땅으로 축 처졌다. 우현은 숨을 몰아 쉬며 라플라시아를 내려 보았다.

"…개같은 새끼."

한 달 동안 개고생을 시킨 원흉을 향해 우현은 욕설을 내뱉었다.

축 늘어진 라플라시아의 가슴을 갈랐다. 완전히 멈춘 심장을 단검으로 가르면서, 우현은 손 끝에 상처를 낼 준비를 했다. 하지만 그럴 필요는 없었다. 라플라시아의 심장 안에는 마석이 들어있었기 때문이다.

'어쩌면 이게 데루가 마키나의 안배일 지도 몰라.'

그런 생각을 했다. 라플라시아를 찾는 것에 고생하기는 했지만, 정작 만난 라플라시아는 절망적일 정도로 위협적인 몬스터는 아니었다. 방어벽이 없었고, 기동력이 떨어졌기에 방심하지만 않는다면 충분히 잡을 수 있었다. 물론 그것만을 두고서 라플라시아를 데루가 마키나의 안배라고 확신할 수는 없다. 앞으로의 던전에 반드시 시크릿 던전이 출현한다 해도, 그곳에서 등장하는 몬스터가 이번 경우처럼 방어벽을 갖추지 않으리란 보장은 없으니까.

'마석이 나오리란 보장도 없고.'

우현은 라플라시아의 마석을 들어올렸다. 라플라시아의 마석은 라스 프라다의 마석과 똑같았다. 크고, 무거웠고, 두근거리며 고동쳤다. 자연스럽게 알 수 있었다. 라플라시아의 마석 역시 라스 프라다의 마석처럼 특별한 능력이 깃들어 있을 것이다.

'…이 경우에는 촉수인가?'

어쩌면 독일지도 모른다. 우현은 일단 마석을 아공간 안으로 집어 넣었다. 그가 먹어도 상관은 없겠지만, 그는 당장 마석의 큰 필요성을 느끼지 못했다. 안개의 능력에도 익숙해지지 않은데다가 투기의 양도 아직은 크게 부족함이 없다. 괜히 쓸 수 있는 능력을 늘렸다가는 오히려 이쪽의 독이 된다. 능력은 최소한으로, 확실히 다룰 수 있는 것으로 갖추는 편이 낫다.

'정확히 무슨 능력이 들어있는 것인지는 알 수 없어. 능력이 깃들어 있는 것은 확실한데….'

능력은 둘째치더라도 마석이 품은 마력의 양은 막대하다. 단순 크기만 보아도 여태까지 얻었던 마석의 크기와 몇 배의 차이가 있으니까. 우현은 라플라시아의 마석을 선하에게 주기로 마음먹었다. 선하는 실력이 뛰어난 편이었지만 투기의 양이 너무 적다. 그릇을 넓혀준다면 선하는 폭발적으로 성장할 수 있다.

'민아랑 시헌이도.'

던전의 난이도가 높아졌다. 이전에는 최상위 던전을 등급이 높은 길드가 독점하는 형태였지만, 이제는 그것이 불가능해졌다. 당장 중국의 S급 길드인 송하가 전멸했으며, 나래도 길드 마스터인 최우석을 잃었다. 피해는 계속해서 날 것이다. 다른 S급 길드 중에서 또 피해가 생길 지도 모르는 일. 상위 길드가 주춤거리는 것은 중, 하위권 길드에게 있어서 기회가 된다.

'제네시스를 위로 올릴 수 있어.'

민아와 시헌의 경험이 적기는 하지만, 상위 네임드 몬스터의 마석을 먹여 새로운 능력을 각성시킨다면? 우현은 몸을 일으켰다. 그는 라플라시아의 시체에서 내려오고서는 그 시체를 아공간 안으로 집어넣었다. 생각은 나중이다. 일단은 던전을 나가야 한다.

"…끝난 거야?"

발레리아가 다가왔다. 우현은 그녀의 얼굴을 보고서 아까 전의 일을 떠올렸다. 그 미묘하던 분위기와, 오가던 시선. 우현은 살짝 머리를 끄덕거리며 발레리아의 시선을 피했다. 우현은 낮게 헛기침을 뱉었다.

"끝났어."

그는 그렇게 말하면서 주변을 둘러보았다. 보통의

경우, 보스 몬스터가 쓰러지면 던전을 빠져나갈 수 있는 게이트가 생성된다. 이 호숫가가 라플라시아의 영역이었으니, 이곳은 굳이 말하자면 보스 룸이 된다.

"…그럼 끝이네?"

발레리아가 작은 목소리로 중얼거렸다. 그 말에 우현은 발레리아 쪽을 힐끗 보았다. 이 던전에서 한 달을 넘는 시간을 발레리아와 단 둘이서 지냈다. 특별한 사건이 있었던 것은 아니다. 그냥, 계속 붙어 있었다. 똑같은 것을 먹고 똑같은 것을 보았다. 똑같은 자리에서 잠을 잤다. 불침번을 섰고, 몬스터와 싸우고. 나눈 이야기라고 해 봐야 아담과 이브가 어쩌고하는 별 볼 일 없는 것들이었지만, 그런 잡담이 이 끔찍한 숲에서 즐길 수 있는 유일한 오락이었다.

"…끝이네."

묘한 기분이었다. 시원섭섭하다고 해야 할까. 그토록 바라 마다지 않던 탈출인데, 조금의 섭섭함이 남는다. 한 달 동안 얼굴을 맞대고 지냈으니 정이 들 수밖에. 우현은 머리를 벅벅 긁었다.

발레리아와의 인연은 유쾌한 인연은 아니다. 그녀는 살인자였고, 그녀의 오빠인 세르게이는 의뢰를 받고 우현을 죽이려하고 있었다. 발레리아는 조금 긴장한 얼굴로 우현을 바라보았다. 그가 갑자기 마음을 바꿔먹고 자신을 공격하는 것이 아닐까 걱정한 것이다.

"…나가자."

우현은 머리를 돌렸다. 게이트가 그곳에 있었다. 저 게이트를 통해서 이곳, 라플라시아의 밀림을 탈출할 수 있다. 나가게 된다면 어디로 가게 되는 것일까. 판데모니엄? 아니면 유빈투스의 성? 유빈투스의 성이라면, 대체 어느 곳으로?

"…나를 죽이지 않을 거야?"

발레리아가 물었다. 그 물음에 우현은 멈칫하여 발레리아를 바라보았다. 죽여야 하나? 죽여두는 편이 굳이 말하자면 옳다. 상대는 고스트다. 범죄를 저질렀던 헌터. 범죄를 저지를 헌터. 서커스는 살인 집단이다. 돈을 받아 의뢰를 받고, 사람을 죽이고, 다른 헌터를 습격해서 죽인 뒤에 장비를 빼앗고. 발레리아는 그런 서커스의 소속이고, 그녀의 오빠인 파블로프 파블로비치 세르게이는 서커스의 수괴다.

"안 죽인다고 했잖아."

우현이 대답했다.

"왜?"

발레리아가 되물었다. 그녀 역시 지금 상황에서 자

신을 죽이고 나가는 것이 우현에게 있어서 이상적인 선택지라는 것을 잘 알고 있었다.

"내 마음이지."

우현은 그렇게 대답하면서 게이트를 향해 발을 옮겼다. 이 선택을 후회하게 될까? 잘 모르겠다. 어쩌면 다음에, 서커스가 또 의뢰를 받는다면. 서커스의 의뢰가 취소되지 않는다면. 발레리아는 그녀의 오빠와 함께 우현을 죽이러 올 지도 모른다.

'그렇게 되면 어쩔 수 없고.'

그때 돼서 망설일 생각은 없다. 정작 그때 발레리아를 죽이면서 후회하게 될 지도 모르지. 괜히 정을 주었다고 말이야. 하지만 한 달 동안 우현의 고독을 달래 주었던 것은 그 누구도 아닌 발레리아였다.

그에 대한 보답이라고 생각하자.

게이트를 빠져나왔다. 게이트의 밖에 있는 것은 작은 방이었다. 어딘가 하니, 처음 게이트가 있었던 방이었다. 박살난 문이 보였고, 엉망으로 헤집어진 가구들이 보였다. 어렵지 않게 우현은 사건의 전말을 짐작할 수 있었다. 발레리아가 실종된 것에 세르게이와 서커스의 단원들이 방을 죄다 뒤지고 다닌 듯 했다.

"…어떻게 할까?"

우현은 발레리아를 힐끗 보았다.

"한 달이나 던전에 갇혀 있었으니, 이 던전이 어떻게 진행됐는지 알 수가 없어. 어쩌면 이미 네임드 몬스터나 보스 몬스터의 공략이 끝났을지도 모르지."

그럴 가능성도 있다. 라스 프라다에게 송하와 나래가 전멸에 가까운 타격을 입었지만, 송하와 나래가 이 세상 헌터 길드 중에서 최강은 아니다. S급의 길드는 더 있고, 뛰어난 헌터도 아직 많다. 어쩌면 그들이 선전하여 유빈투스의 성을 완전히 공략했을 지도 모른다.

만약의 이야기다.

"하지만 우리는 세이브 포인트가 어디에 있는지도 몰라. 입구 게이트로 돌아가는 방법도 있기는 하겠지만, 어쩌면 네 오빠가 아직 너를 찾아 던전을 떠돌고 있을 지도 모르고."

"…그럴 리는 없을 거야."

발레리아는 시선을 피하며 중얼거렸다. 오빠인 세르게이는 계산이 확실한 사람이었다. 위험이 확실히 남아있고, 죽었는지 살았는지도 모르는데 무턱대고 던전을 떠돌려 들까. 발레리아는 부정적이었다.

"일단 이동하지."

우현은 그렇게 말하며 몸을 돌렸다. 발레리아는 묵묵히 우현의 뒤를 따랐다. 그러다가 그녀는 멈칫하여 자신이 입은 갑옷을 내려 보았다. 왼 가슴에 새겨진 삐에로 문양을 발견한 것이다. 그녀는 한숨을 쉬면서 머리를 흔들었다.

"먼저 가."

"…뭐?"

우현이 뒤를 돌아보았다. 발레리아는 손을 들어 자신의 갑옷을 가리켰다.

"나와 함께 있으면 너한테 이상한 오해가 생길 거야."

그 말에 우현은 미간을 찡그리며 발레리아를 바라보았다. 확실히, 삐에로의 문양이 있는 헌터와 함께 다니다가는 한패거리라고 오해를 받게 될 지도 모른다.

"갑옷 갈아 입어."

우현이 말했다. 그 말에 발레리아는 눈을 동그랗게 뜨고 우현을 바라보았다.

"뭐?"

묻는 말에 우현은 문을 열었다.

"밖에 있을 테니 다른 갑옷으로 갈아입으라고."

"먼저 가라고 했잖아."

"너 혼자서 던전 돌다가는 죽을 걸."

우현의 말에 발레리아는 꾹 입을 다물었다. 잠깐의

침묵 끝에 그녀는 이해할 수 없다는 듯이 머리를 흔들었다.

"이렇게까지 해주는 이유가 뭐야?"

묻는 질문에 우현은 문을 닫으면서 말했다.

"한 달 동안 같이 살면서 정이라도 들었나 보지."

"그러면 정 때."

"뗄 거야. 천천히."

문이 닫혔다.

잠시 후에 문이 열렸다. 머리를 푹 숙인 발레리아가 걸어 나왔다. 그녀는 다른 갑옷을 입고 있었는데, 삐에로의 문양은 없었다. 위장용으로 입는 갑옷이다.

"나한테 잘해주지 마."

발레리아가 웅얼거렸다. 우현은 그 말을 무시하고 앞으로 걸었다.

우선 그는 계단을 내려갈 생각이었다. 자신이 직접 부수기는 했지만, 별로 높지도 않은 계단이었으니 끊겼다고 해서 헌터들이 거기서 고립되었을 리는 없다. 복도를 걷는 내내 발레리아는 아무런 말도 하지 않았다. 그녀는 우현의 호의와, 자신이 그를 어찌 받아들여야 할지를 고민했다. 당장은 우현과 함께 다닌다고 해도, 세르게이와 만난다면 그녀는 우현을 죽여야 한다. 굳이 세르게이를 만날 필요도 없다. 세이브 포인트던, 아니면 입구 게이트건. 게이트를 빠져나간다면 그녀는 현실로 돌아갈 수 있다.

"…저게 뭐야?"

우현은 멍한 소리를 냈다. 무너진 계단 아래의 홀은 많은 사람들이 득실거렸다. 그들은 제각각 무리를 지어 웅크려 앉아 있었고, 그 중에는 부상자도 보였다. 비릿한 피의 냄새와 시체의 냄새, 병자의 냄새가 났다.

'왜 여기에 모여 있는 거지?'

이곳에 모여 있을 이유가 있나? 우현은 그렇게 생각하며 아래를 내려 보았다. 웅크려 있던 이들 중 한 명이 우현과 눈이 마주쳤다.

"응?"

그는 놀란 소리를 내며 이쪽을 손으로 가리켰다.

모르는 얼굴이다.

작은 웅성거림이 번졌다. 일어선 사람들이 이쪽으로 다가왔다. 그들은 계단 아래에서 우현을 올려 보았다. 초췌한 얼굴들이었다.

"위에서 내려 온 겁니까?"

그들 중 누군가가 물었다. 그 질문에 우현은 머리를 끄덕거렸다.

"2층의 복도에서."

그 대답에 그들은 다시 놀란 얼굴을 하고서 서로를

둘러 보았다.

"그곳에는 아무도 없었는데?"

"…당신들은 뭡니까? 왜 여기에 있는 겁니까?"

"카멜롯입니다."

무겁게 가라앉은 목소리였다. 우현은 그 목소리가 들린 쪽을 힐끗 보았다. 거구의 사내가 주저앉아 있었다.

거구였다. 쩍 벌어진 어깨에 두꺼운 갑옷을 입었고, 거대한 메이스가 그의 곁에 놓여져 있었다. 우현은 아래로 내려오지 않고 그를 내려 보았다. '카멜롯.' 우현도 알고 있는 이름이었다. 송하, 럭키 카운터, 볼프와 함께 S급 길드에 등록된 유럽의 대형 길드.

"카멜롯이 왜 여기에?"

"그건 내가 묻고 싶군."

남자가 몸을 일으켰다. 그는 조금 굳은 얼굴로 우현을 올려 보았다.

"왜 위에서 내려오는 거지?"

그 질문에 우현은 머리를 갸웃거렸다.

"위에서 내려오는 것이 뭐 문제가 있습니까?"

"2층 복도는 이미 전부 수색했네. 사람은 한 명도 없었어."

"그렇다면 그 윗층에서 내려왔겠죠."

시크릿 던전에 갔다왔다는 말은 굳이 하고 싶지 않았다. 우현이 슬쩍 말을 빼자 남자가 우현을 노려보았다.

"윗층에서 내려왔다고? 그건 더 말이 안 되는 군."

그는 그렇게 중얼거리며 주변을 힐끗 보았다. 카멜롯의 길드원들이 몸을 일으켰다.

"바로 어제, 카멜롯이 3층의 에르마쉬에게 도전하고 패배하여 간신히 도망쳤네. 그 이후로 우리는 이곳에서 상처를 추스르고 있었고. 그 사이에 에르마쉬에게 도전한 길드나 공격대는 없었는데. 3층에서 돌아왔다고?"

에르마쉬? 우현은 머리를 갸웃거렸다. 우현의 반응에 남자의 표정이 더 찌푸려졌다. 그는 우현과, 우현의 곁에 선 발레리아를 보았다.

"당신들은 뭐요?"

어쩌면 몬스터가 아닐까. 그런 생각까지 들었다. 이 던전은 이상하다. 여태까지의 던전과는 다르다. 네임드 몬스터는 웃으면서 말을 걸고, 농담을 하고, 장난을 친다. 사람과 다를 것이 없다. 그러면서도 끔찍하게 강하다. 세계 제일이라는 럭키 카운터와 한국의 길드인 화랑의 연합 공격대가 에르마쉬에게 도전했다가, 절반에 가까운 인원이 사망하고 간신히 도망친 일은 유명했다.

"…시크릿 던전에서 나왔습니다."

결국 어쩔 수 없이 우현은 설명해 주었다. 한 달 전, 자신은 나래의 공격대에 속해 있었고, 나래는 이곳에서 네임드 몬스터인 라스 프라다와 전투했다. 길드 마스터인 최우석이 죽었고, 간신히 라스 프라다를 쓰러트렸다. 그 후에 2층에 가서 시크릿 던전을 발견, 그곳에 들어갔다가 한 달 동안 갇혀있었다.

서커스에 대해서는 굳이 말하지 않았다. 발레리아는 적당히 동료라고 소개했고, 그것은 별 의심을 받지 않았다.

"네임드 몬스터를 쓰러트렸다고?"

남자는 믿을 수 없다는 눈치였다. 하지만 믿을 수밖에 없었다. 그것이 사실이 아니라면 우현과 발레리아가 위에서 내려온 것이 납득되지 않기 때문이다. 게다가 1층의 홀에서 무슨 일이 있었는지는 이미 모두가 알고 있었다. 라스 프라다라는 강력한 네임드 몬스터에게 중국의 송하가 전멸했고, 나래와 제네시스라는 소규모 길드의 연합 공격대가 패퇴했다. 그때 나래의 길드마스터인 최우석도 죽은 것으로 알려졌다.

"이쪽의 정보는 밝혔습니다만."

"…소개가 늦었군. 안토니 워링턴이라고 하네. 카멜롯의 길드 마스터고, 이들은 카멜롯의 공격대지."

"공격대는 열다섯 명으로 제한된 것 아니었습니까?"

척 보기에도 숫자가 서른은 될 것 같다. 우현의 물음에 안토니는 머리를 저었다.

"그것은 한 달 전의 이야기지. 3층의 네임드 몬스터인 에르마쉬가 너무 강력한 탓에 협회가 제한을 해제했다. 어떻게든 에르마쉬를 쓰러트리게 하기 위해서."

안토니의 미간에 골이 파였다. 우현은 납득하여 머리를 끄덕거렸다. 네임드 몬스터는 일정 시간이 지나면 현실에 나타난다. 협회로서는 현실의 피해를 줄이기 위해 어떻게든 네임드 몬스터를 쓰러트려야만 하는 것이다.

"한 달이나 지났는데 아직 강림하지 않은 겁니까?"

"에르마쉬의 카운트는 이제 이틀 정도 남았지. 애초에 카운트가 긴 놈이었어. 그만큼 강력하고."

안토니가 중얼거렸다. 그에게 의심과 적의가 보이지 않자, 우현은 발레리아를 힐끗 보았다.

"내려가자."

그 말에 발레리아가 긴장한 얼굴로 머리를 끄덕거렸다. 그녀는 괜히 왼 가슴을 어루만졌다. 갑옷을 갈아입은 것을 다행이라고 여겼다.

"한 달 동안 시크릿 던전에 갇힌 덕에 상황을 모릅니다. 설명해주실 수 있습니까?"

"어려운 일은 아니지."

안토니는 붕대를 감은 팔을 어루만지며 중얼거렸다. 그는 담담히 상황에 대해 설명했다. 나래와 제네시스의 연합 공격대가 패퇴한 이후, 이 던전에 들어온 것은 럭키 카운터와 화랑의 연합 공격대였다.

'서커스는 후퇴한 모양이군.'

괜히 돌아다니다가 다른 길드와 마주친다면 그쪽도 난감했을 테니까. 수색에 진전이 보이지 않자 일단 후퇴한 모양이다. 어쩌면 우현과 발레리아가 몬스터에게 죽었다고 생각한 것일지도 모르고.

"화랑과 럭키 카운터의 공격대는 3층으로 올라갔네. 2층에는 몬스터가 없었거든. 그곳은 복도와 방 뿐이었는데, 방은 죄다 부서지고 엉망이었어. 어쩌면 그들 공격대 이전에 다른 길드가 왔던 것일지도 모르지만… 그들의 흔적은 없었지."

서커스다.

"그들은 2층에서 몬스터와 조우하지 못하자 바로 3층으로 올라갔네. 그리고 그곳에서 에르마쉬와 맞닥트렸지."

"에르마쉬…."

"이 저택의 네임드 몬스터일세. 말을 하는 놈이지. 아주 유머러스한 놈이야. 재미도 없는 농담을 던지고,

혼자 낄낄거리면서 웃지. 사람의 머리를 썰어내면서."

안토니의 몸이 부르르 떨렸다. 우현은 떨리는 그의 눈동자에서 공포를 엿보았다.

"럭키 카운터와 화랑의 공격대는… 일단은 싸웠다고 하네. 두 공격대의 전력은 막강했지. SSS급 헌터도 둘이나 있었고, SS급이 셋에, S급이 다섯. 열 다섯이라는 제한된 숫자 안에 넣을 수 있는 전력은 죄다 우겨 넣었어."

열다섯 중에 S급 이상이 열이라.

"그리고 그들은 패배했지."

"그 인원으로 졌단 말입니까?"

"유빈투스가 개입했네."

안토니의 눈이 가늘어졌다.

"럭키 카운터와 화랑의 공격대는 충분히 강했어. 에르마쉬에게 제법 피해를 입기는 했지만, 장기전 끝에 간신히 에르마쉬의 방어벽을 부수는 것에는 성공했다더군. 더 압박하려는 찰나에 그 마녀가 나타났네."

"…마녀?"

"크지 않아."

안토니가 머리를 흔들었다.

"보통 사람과 비슷한 크기라고 하더군. 이 던전의 보스 몬스터, 유빈투스는 그렇게 생겼네. 붉은 드레스를 입고, 머리에는 휘어진 양의 뿔을 달고서… 그리고 끔찍하게 강하지."

"…얼마나?"

"그녀는 마법을 부려."

"뭐라고요?"

안토니의 말에 우현이 이해할 수 없다는 표정을 지었다. 마법이라니, 그건 또 뭔가. 우현의 물음을 예상했다는 듯이 안토니가 머리를 끄덕거리며 말을 이었다.

"그것을 마법이라는 단어 외에 무어라 설명해야 할지 모르겠네. 그녀가 손을 휘두르면 불꽃이 몰아치지. 그녀의 손에 닿는 것은 그 자리에서 하얗게 얼어붙어. 거리를 좁혀 공격을 하려고 하면 눈 깜박할 사이에 전혀 다른 곳으로 이동하지."

말 그대로 마법이다.

"유빈투스의 등장으로 흐름은 완전히 뒤집어졌네. 럭키 카운터와 화랑의 공격대는 큰 피해를 입고 간신히 후퇴했지. 다행인 것은 그 괴물들은 절대로 3층 아래로 내려오지 않는다는 거야. 그래서 우리가 이곳에 있는 것이지."

"한 달 동안 계속해서 도전했고, 또 패배했다는 겁니까."

"많은 길드가 이곳을 들렀지. 그리고 많은 헌터가

죽었어. 협회 소속의 헌터들도 어떻게든 에르마쉬와 유빈투스를 잡으려 나섰지만, 그들 역시 패배했지. 그것이 한 달 동안 반복되었다. 우리도 이번이 두 번째고… 패배했지."

상황이 심각하다. 에르마쉬 하나라면 어떻게 잡을 수 있을지도 모르지만, 에르마쉬가 위기에 처하면 보스 몬스터인 유빈투스까지 등장한다니. 게다가 마법이라?

"…그나저나 놀라운 일이군. 정말 시크릿 던전에 들어갔다 나온 것인가?"

"한 달 동안 그곳에서 헤매고 오늘에야 간신히 탈출했습니다. 혹시 세이브 포인트의 위치는 알고 계십니까?"

"알고 있지. 세이브 포인트는 저택의 뒤편 정원일세."

그 말에 우현의 표정이 멍해졌다. 설마 저택의 바로 뒤에 세이브 포인트가 있을 줄이야.

"…나래에 대해서는? 소문이라도…."

"특별한 소문을 듣지는 못했네. 길드 마스터인 최우석이 죽었다는 이야기만 들었지."

그 말에 우현은 머리를 끄덕거렸다. 에르마쉬는 이틀 뒤에 강림한다고 한다. 이쪽에 남은 시간은 얼마 없다. 이틀 사이에 다른 길드가 에르마쉬를 공략할 수 있을까. 우현은 그에 대해서 부정적이었다. 럭키 카운터와 화랑의 공격대도 큰 타격을 입었다고 한다. 몇 명이나 죽었을지는 모르지만 전력에 큰 손실을 겪었을 터. 한 달이나 이어온 싸움 덕에 헌터 쪽의 전력이 크게 상실되었다.

'이대로 에르마쉬가 현실에 나타난다면….'

현대 병기로는 몬스터의 방어벽을 뚫을 수 없다. 몬스터의 방어벽을 뚫을 수 있는 것은 헌터의 무기 뿐이다. 현실에 나타난 에르마쉬를 어떻게든 쓰러트린다고 해도, 그 과정에서 천문학적인 피해가 날 것이다. 우현은 답답함을 느꼈다. 지금의 상황을 어찌 해야 할지 알 수 없었다.

"…이야기해주셔서 감사합니다."

우현은 머리를 꾸벅 숙였다. 그런 우현을 빤히 보던 안토니가 입을 열었다.

"라스 프라다를 쓰러트리고, 시크릿 던전의 보스 몬스터를 쓰러트렸다고 했나?"

"…예."

"등급이 어떻게 되지?"

"A급입니다."

그 대답에 안토니의 얼굴에 큰 놀람이 담겼다. A급 헌터가 이 던전의 네임드 몬스터와 시크릿 던전의 보스 몬스터를 쓰러트렸다. 그것은 그의 상식으로는 믿을 수 없는 일이었다. 하지만 그의, 그리고 헌터의 상식이라는 것은 이미 한 달 전에 모조리 박살났다.

유빈투스의 성은 헌터의 가치관을 완전히 바꿔놓았다.

"…그렇군. 그럴 수도 있는 것이겠지."

안토니는 멍한 목소리로 그렇게 중얼거릴 뿐이었다. 우현은 안토니에게 살짝 머리를 숙여 보이고 그를 지나쳤다. 곧바로 저택 뒤쪽의 세이브 포인트로 빠져나갈 생각이었다. 안토니가 머리를 돌렸다.

"우리는 내일까지는 이곳에서 대기할 생각이네."

그 말에 우현이 뒤를 돌아보았다.

"만약, 에르마쉬와… 유빈투스를 잡는 것에 한 손 거들고 싶다면. 내일까지 이곳으로 오게. 강한 헌터는 많을수록 좋으니까."

"…생각해 보겠습니다."

우현은 그렇게 대답하며 다시 몸을 돌렸다. 굳게 닫힌 문을 맞닥트리고서, 그는 잠깐 멈칫거렸다. 그러고 보니 이 문은 무거워서 혼자 힘으로는 도저히 열 수 없다. 그는 어색하게 웃으며 뒤를 돌아보았다.

"…도와주시겠습니까?"

기껏 쿨하게 대답하고 몸을 돌렸는데.

REVENGE

3. 에르마쉬

HUNTING

NEO MODERN FANTASY STORY & ADVANTURE

REVENGE HUNTING

3. 에르마쉬

정원까지 걷는 동안 발레리아는 아무런 말도 하지 않았다. 우현 역시 그녀에게 말을 걸지는 않았다. 불편한 침묵은 아니었다. 한 달 동안 단 둘이서 함께 지냈고, 그리 보낸 시간 동안 항상 이야기를 하고 있었던 것은 아니다. 둘에게 있어서 침묵은 익숙하고 편안한 것이었다.

"끝이네."

정원에 도착했을 때, 발레리아가 중얼거렸다. 그 말에 우현는 뒤를 돌아보았다. 까만 밤은 달빛으로 인해 조금 밝았다. 발레리아는 하늘을 힐끗 보았다. 금색의 달빛이 그녀의 얼굴을 비추었다.

"제법 재밌었어."

발레리아가 말했다. 우현은 완전히 몸을 돌렸다. 대답하지는 않았다. 그는 발레리아가 이어 할 말을 기다렸다.

"남이랑 이렇게 오랫동안 지낸 것은 처음이야. 그것도 남자랑, 단 둘이. …벌레를 씹는 맛은 최악이었지만, 그래도 재미는 있었어."

"…그렇다면 다행이고."

우현이 중얼거렸다. 그 말에 발레리아는 피식 웃었다. 다음에 만난다면? 다음에 또 만난다면. 어떻게 될까. 그때의 그녀는 세르게이의 동생일 것이고, 서커스의 단원일 것이다. 우현은 의뢰의 타겟일 것이고. 그에 대해서는 별로 생각하고 싶지 않았다. 발레리아는 우현을 지나쳤다.

"다음에 다시 안 만났으면 좋겠어."

그녀는 담담한 목소리로 중얼거렸고, 우현 역시 그녀의 말에 동감했다. 다음에 다시 만나게 된다면 오랜만이라거나, 잘 지냈냐고 물을 수는 없을 것이다. 그렇게 되지 않기를 바랄 뿐이다. 발레리아는 뒤를 돌아보지 않고, 대신 손을 들어 올렸다.

"안녕."

발레리아가 짤막하게 인사를 전했다.

"잘 가."

우현은 발레리아가 게이트를 통과하는 것을 지켜 보았다. 이윽곡 발레리아의 모습이 완전히 사라졌다. 우현의 발이 뻗어졌다. 망설임은 버렸고, 그것으로 끝이다.

우현의 몸이 게이트를 통과했다. 작게 숨을 들이켰 다. 시간은 오후 4시. 사박거리는 눈이 밟혔다. 그러 고 보니 잊고 있었다. 12월이었고, 겨울이다. 그새 눈 이 내렸구나. 우현은 눈이 수북하게 쌓인 정원을 바라 보았다. 한 달 사이에 돌아온 현실은 그리운 느낌이었 다. 그는 손을 들어 턱을 어루만졌다. 덥수룩한 수염 이 손에 잡혔다. 호숫가 근처에서 산 덕분에 몸은 씻 고 다녔지만, 온수가 그리웠다.

'내가 죽은 줄 알텐데.'

가족도, 그리고 선하와 시헌, 민아도. 만나면 뭐라 고 말을 해야 하지? 우현은 몸을 돌렸다. 그는 천천히 집으로 다가갔다. 다들 집 안에 있을까? 어쩌면 던전 에 가 있을지도 모른다. 다시 만나면 뭐라고 인사를 해야 하지? 우현은 닫힌 문에 손을 올렸다. 문고리를 잡고 돌린다. 덜컥, 하는 소리가 났다. 문이 잠긴 것이 다. 분명 예비 열쇠가… 그는 그렇게 생각하며 아공간 을 뒤져 열쇠를 꺼냈다.

"누구세요?"

문 안쪽에서 소리가 들렸다. 문을 돌리는 소리를 들은 모양이다.

"나야."

우현은 입을 열어 대답했다. 그 대답에 화답은 곧바로 나오지 않았다. 짧은 침묵이 흘렀고, 우현은 열쇠 구멍에 열쇠를 집어넣었다.

철컥. 열쇠가 돌아가고 문이 열렸다. 우현은 열린 문 너머를 바라보았다. 넓은 거실이 보였다. 이쪽을 멍한 눈으로 보고 있는 민아가 보였다.

"시헌이랑 선하는?"

우현은 아무렇지도 않은 얼굴로 물었다.

"오빠…?"

민아가 몸을 일으켰다. 민아의 목소리 떨렸다. 우현는 그제서야 웃었다.

"응."

그 대답에 민아가 몸을 일으켰다. 그녀의 커다란 눈에 눈물이 그렁그렁 차올랐다.

"오빠!"

민아가 달려왔다. 와락, 하고 민아의 팔이 우현을 끌어안았다. 우현은 자신의 가슴에 이마를 기댄 민아를 난감한 눈으로 내려 보았다.

"제대로 못 씻어서 냄새 날지도 몰라."

그 말에 민아가 퍼뜩 머리를 들었다. 민아는 코를 훌쩍거리며 손을 들어 눈물을 닦았다.

"냄새나요."

"…누가 안으래?"

우현의 투덜거림에 민아는 헤헤 웃으면서 우현의 몸을 놓았다. 우현은 한숨을 쉬면서 거실을 둘러 보았다. 변한 것은 없었다. 한 달 전에 던전에 가기 전에 마지막으로 보았을 때와 똑같다.

"선하랑 시헌이는?"

다시 물었다. 훌쩍거리는 코를 문지르던 민아가 대답했다.

"…선하 언니는 던전 갔어요. 나래의 사람들이랑 같이."

그 말에 우현의 표정이 차갑게 식었다.

"던전? 62번으로?"

그 물음에 민아가 살짝 머리를 끄덕거렸다. 우현은 한숨을 쉬면서 머리를 벅벅 긁었다.

"언제 갔는데?"

"오늘 아침에요."

길이 엇갈렸군. 어쩌면 그 홀에서 기다리고 있었으면 선하를 만났을 지도 모른다.

"시헌이는 블랙 스미스에 갔어요."

그 말에 우현은 머리를 끄덕거렸다.

"…나 없는 동안 무슨 일 있었어?"

"선하 언니가 죽으려고 했죠."

민아가 아무렇지도 않은 얼굴로 말했다. 그 말에 우현의 입이 벌어졌다.

"뭐라고?"

되묻는 질문에 민아는 피식 웃었다.

"밥도 잘 안 먹고, 방에서 나오지도 않고, 울고, 아주 난리도 아니었어요. 내가 같이 남아야 했다고… 그런 말만 하면서."

민아에게 한 달 동안 어떤 일이 있었는지 들었다. 최우석과 우현이 홀에 남고서 간신히 후퇴한 제네시스와 나래는, 부상자를 수송하고 난 뒤에 다시 유빈투스의 성으로 향했다. 하지만 홀에는 우현과 최우석의 시체조차 남아있지 않았기에, 당연히 죽었으리라고 생각한 모양이었다. 선하는 라스 프라다가 없는 것을 이유로 들며, 어쩌면 라스 프라다를 쓰러트리고 윗층으로 갔거나 홀에서 나왔을 지도 모른다고 계속 주장했지만….

"한 달이나 지났으니까요."

돌아오지도 않았으니 죽었다고 생각했겠지. 듣자

하니 장례식도 이미 치렀다고 했다. 우현은 지끈거리는 머리를 손으로 눌렀다. 그럴 것이라고 예상은 했지만, 직접 얘기를 들으니 기분이 이상했다. 자신은 멀쩡하게 살아있는데 장례식을 치렀다니.

"…집에 한 번 가야겠는걸."

아니, 아직은 아니야. 우현은 한숨을 쉬었다. 일단은 다시 던전으로 돌아가 선하를 만나야 한다. 어머니나 현주에게는 미안하지만, 던전으로 복귀하여 에르마쉬나 유빈투스를 잡는 것이 먼저다. 우현은 일단 어머니에게 전화를 걸었다. 놀란 목소리로 받는 어머니는 사정을 설명하자마자 흐느낌을 흘렸다.

"죄송합니다."

우현은 한숨을 쉬며 말했다. 가까운 시일 내에 다시 찾아 뵙겠다, 당장은 해야 할 일이 있다. 그렇게 말을 하고서 전화를 끊었다. 현주의 반응도 똑같았다.

"또 던전으로 들어가겠다고?"

현주가 뾰족한 목소리로 쏘아붙였다.

"나 수능 본 건 알기나 해?"

그러고보니 12월이었지.

"…어, 어."

더듬거리며 대답하자 현주가 크게 한숨을 내쉬었다.

"…조심해."

그렇게 말하고 전화가 끊겼다. 아무래도 화가 단단히 난 모양이었다. 우현은 전화기를 내려놓고 민아를 힐끗 보았다.

"샤워만 하고 다시 나갈게."

"에르마쉬를 잡으러가는 거예요?"

민아가 물었다. 우현은 살짝 머리를 끄덕거렸다. 잡을 수 있을지 없을지는 모른다. 하지만 그렇다고 해서 가만히 있을 수도 없는 노릇 아닌가. 우현의 대답에 민아는 머리를 흔들었다.

"가끔 보면, 오빠는 전부 다 자기 혼자서 하려는 것 같아요."

정곡이 찔렸다.

"꼭 오빠가 가지 않는다고 해서, 에르마쉬를 잡지 못하는 것은 아니잖아요."

"나는 오지랖이 넓거든."

우현이 대답했다. 그는 욕실 쪽으로 걸어갔다. 그럴 수밖에 없기도 하고. 면도를 했다. 제법 머리가 길어 덥수룩했고, 앞머리만 대충 잘랐다. 그립다 생각한 온수였지만 정작 샤워기를 틀어 맞은 온수에 별 감흥을 느낄 수는 없었다.

머리를 말리고 밖으로 나와, 무기고에 들어갔다.

검을 바꾸기 위해서였다. 선하에게 허락은 구하지 못했지만, 지금 상황에서 우현에게 필요한 것은 새로운 검이었다.

예리하고, 단단한 검.

한쪽 벽에 걸려 있던 검을 잡았다. 크기는 전에 쓰던 파브니르와 크게 다르지 않았다. 검의 이름도 모르지만, 투명한 검은 색의 검신이 마음에 들었다. 파브니르와는 달리 제법 묵직했다. 손에 쥐어보고서, 딱 좋다고 느꼈다. 이 정도의 무게, 이 정도의 크기. 검신을 손으로 가볍게 두드렸다. 울리는 소리도 마음에 들었다.

"다녀올게."

우현은 문가에 선 민아를 향해 말했다. 민아가 천천히 머리를 끄덕거렸다.

"조심해요, 오빠. 이번에는 늦게 오지 말고."

민아의 대답에 우현은 씩 웃어보였다.

판데모니엄으로 들어갔다. 바로 뒤에 62번의 게이트가 있었다. 게이트를 지난다면, 그는 저택의 뒤편에 서있게 될 것이다. 우현은 게이트 안으로 발을 뻗었다. 에르마쉬, 유빈투스. 아직 만나지도 못한 두 괴물의 모습을 상상했고, 어떻게 대처를 해야 할 지를 상상해 보았다. 유빈투스는 마법을 쓴다고 했다. 마법이라고 해야 할지, 말아야 할지는 모르겠지만. 상식으로 이해할 수 없는 일이라면 마법이라 해도 좋겠지.

정원에 발을 올린 순간.

저택이 뒤흔들렸다. 콰앙하는 폭음이었다. 땅이 뒤흔들릴 정도의 큰 충격이다. 우현은 기겁하여 저택 쪽을 바라보았다. 저택이 부들거리며 떨리는 것이 보였다. 저택에서 어떤 일이 벌어지고 있는 것이다. 우현는 몸을 날렸다. 빠르게 발을 뻗어 저택의 문 앞에 도착했다. 문이 천천히 열리기 시작했다.

홀 안에는 아무도 없었다. 카멜롯도, 나래나 제네시스도. 불길한 예감이 들었다. 선하는 아침 중에 집을 나갔다고 했다. 입구 게이트에서 저택까지 오는 시간을 생각하면? 최악의 상황을 떠올렸다.

가끔 보면, 오빠는 오빠 혼자 다 하려고 하는 것 같아요.

그야 그럴 수밖에 없으니까. 경우가 달라. 처한 상황이 달라. 오지랖이 넓다는 말도 거짓말은 아냐. 우현은 발을 뻗었다. 부서진 계단을 뛰어넘었다. 박살난 문짝이 나뒹구는 복도를 지났다. 다시, 계단을 올랐다. 한 번도 가지 못한 3층으로.

"뭐야?"

낄낄거리는 웃음이 섞인 목소리가 났다.

마주한 3층은 넓은 홀이었다. 구조만 본다면 1층과
크게 다를 것이 없다. 하지만 분위기가 달랐다. 코 끝
에 비릿한 피냄새가 스쳤다. 우현은 시선을 돌렸다.
한쪽 벽에 시체가 수북히 쌓여 있었다. 몇몇은 뼈만
남아 뒹굴어 있었고, 팔다리가 엉망으로 뜯겨 나뒹구
는 것도 있었다. 뻣뻣한 시선을 돌렸다.

카멜롯의 길드원들이 보였다. 카멜롯의 길드 마스
터인 안토니 워링턴이 바닥에 쓰러져 있었다. 우현의
시선이 뻣뻣하게 움직였다. 죽은 사람이 많았다. 대
부분이 카멜롯의 길드원들이었다.

그리고,

"…우현아?"

놀란 목소리. 우현은 그 목소리를 알고 있었다. 선
하였다. 선하가 지친 얼굴로 우현을 바라보았다.

"우현씨!"

박희연의 목소리. 우현은 한 걸음 걸었다.

"한 명 늘었네."

즐거운 목소리였다. 〈에르마쉬〉라는 이름과, 그
아래의 숫자가 보였다. 숫자는 계속해서 줄어들고 있
었다. 앞으로 이틀이 지나면 놈은 던전에서 사라지
고, 현실에 나타나게 된다.

맞닥트린 에르마쉬는 생각보다 크지 않았다. 단순 크기에서 비교한다면 라스 프라다보다 작을 것이다. 물론 사람과 비교한다면 말도 안 될 정도의 거구이기 는 했다.

그보다 거슬리는 것은 놈이 들고 있는 검. 크다. 검 이라고 할 수 없을 정도로 큰 크기다. 성인 남자의 몸 을 둘 이어 붙인다면 저 정도는 될까. 아니, 그것보다 커. 검을 쥔 에르마쉬의 몸보다 클 정도다.

"…이거 이상한 걸."

에르마쉬가 크게 숨을 들이 마셨다. 놈은 코를 킁 킁거리면서 우현을 보고 눈을 가늘게 떴다.

"너에게서 라스 프라다, 그 등신의 냄새가 나는군."

전투가 멈췄다. 에르마쉬는 공격을 하지 않았고, 에르마쉬를 노리는 공격대 역시 공격을 하지 않았다. 갑자기 나타난 우현에게 모든 시선이 쏠렸다. 박광호 가 더듬거리며 입을 열었다.

"우, 우현씨?"

"예."

우현은 에르마쉬를 노려보며 대답했다. 에르마쉬 는 눈을 가늘게 뜨고 우현을 쏘아보았다. 에르마쉬는 우현에게서 라스 프라다의 냄새를 맡았다. 1층을 지 키는 수문장인 그 머저리 등신은, 저택이 열리고 난

날부터 하루를 버티지 못하고 죽어버렸다. 병신같은 새끼. 에르마쉬를 혀를 차며 검을 들었다.

"네가 라스 프라다를 죽였구나."

"코가 좋군."

우현이 대답했다. 하고 싶은 말이 많았다. 최우석이 어떻게 죽었는지, 자신이 어떻게 죽지 않았는지. 그에 대해서 모두에게 말하고 싶었다. 나래의 길드원들에게 최우석의 유언을 전해야 한다. 선하에게 걱정을 끼쳐서 미안하다고 말해야 한다.

그것은 뒤로 미룬다. 당장 해야 할 일은 그것이 아니다. 우현은 한 걸음 걸었다. 손에 쥔 검이 무겁게 느껴졌다. 뭔지도 모르는 검이다. 단순히 크고, 무거운 것이 마음에 들었다. 이것도 만만찮게 큰 검인데, 에르마쉬가 쥔 것과 비교하면 어린아이의 장난감처럼 보인다.

"이야기를 들었는데."

다가가면서 상황을 확인한다. 제법 많은 헌터가 죽어있었다. 던전을 빠져나오고 나서 대충 30분 정도 흘렀을 텐데. 우현이 정원으로 나가고, 곧바로 나래의 공격대가 저택에 도착했다는 것이다. 그리고서는 카멜롯의 공격대와 임시 연합을 하여 에르마쉬에게 도전한 것이겠지.

'카멜롯은 지쳐있었어.'

덕분에 많은 피해가 났다. 처음 봤을 때 대략 서른은 되었을 인원이 반 가까이 줄어 있었다. 이것이 고작 삼십 분만에 일어난 일이다. 내가 곧바로 던전을 나가지 않았다면 어떻게 되었을까. 피해를 막을 수 있었을까.

무의미한 생각이야. 이미 일어난 일이다. 생각해 봐야 되돌릴 수 없다. 살아있었구나, 라는 중얼거림은 들리지 않았다. 알고 있었다는 것이겠지. 안토니를 만났으니까.

"덩치만 크지 별 것 아니었어."

자극한다. 지성을 갖춘 몬스터. 말이 통하는 몬스터. 에르마쉬는 그런 몬스터다. 이전의 몬스터는 이쪽이 아무리 말을 걸어도 울부짖는 소리 외에는 대답이 돌아오지 않았다. 하지만 앞으로는 아니다. 말을 건다면, 대답이 돌아온다.

자극할 수 있다는 말이다.

"…그야 그렇지."

하지만 에르마쉬는 오히려 웃었다.

"덩치만 컸지 실속은 없었어. 죽는 편이 낫지."

자극하려고 한 말인데 에르마쉬는 아무렇지도 않아 보였다. 거리가 좁혀졌다. 에르마쉬가 목을 좌우로 비틀었다. 뿌득, 거리는소리가 났다.

카멜롯의 생존자는 열다섯. 나래의 공격대는 스물. 그 중에서 S급 이상의 헌터는 박광호 뿐이다.

"너에 대해서도 들었어."

포지션은 어떻게 하지? 놈의 덩치는 크지 않다. 그런 주제에 들고 있는 검이 커. 이쪽은 거리를 벌려야 하지만 벌린 거리는 에르마쉬의 거리다. 좁혀야 돼. 파고들어서, 탱킹은 내가 하고. 걸음이 멈췄다. 우현은 선하의 곁에 서있었다.

"…왜 온 거야?"

선하가 물었다. 우현은 선하 쪽을 힐끗 보았다.

"그냥 집에 있지, 왜 왔어?"

묻는 질문에 우현은 어깨를 으쓱거렸다.

"무기고 열었어."

"알아."

"이 검 좋은 거야?"

"…파브니르랑은 달라. 특별한 옵션은 안 붙어 있어. 하지만 예리하고, 무겁고… 단단해."

그 말에 우현은 씩 웃었다.

"내가 원하는 게 딱 그런 거야."

그는 그렇게 대답하면서 에르마쉬를 바라보았다. 놈은 실실 웃으면서 우현을 보고 있었다.

"얘기는 다 끝났어?"

"매너 좋네."

에르마쉬의 물음에 우현은 피식 웃었다. 그는 검을 들었다. 무거운 중량감에 손바닥이 눌린다. 심장은 두근거리고, 투기는 회전한다.

"그거 알아?"

검의 길이는 대략 4m. 내가 팔을 아무리 길게 뻗어 봐야 검을 휘두를 수 있는 거리는 3m도 안 돼, 하지만 놈은? 팔이 길어. 못해도 6m는 놈의 거리다. 리치가 두 배 가까이 차이난다.

그렇다면 붙는다.

"라스 프라다도 그러다가 뒈졌어."

"뭐?"

"꼴에 여유 부리다가 뒈졌다고, 등신아."

에르마쉬가 눈을 끔벅거렸다. 그 순간, 그는 턱 끝에서 올라오는 예리함을 느꼈다. 에르마쉬는 자신도 모르게 한 발 뒤로 물러섰다.

쐐액!

솟구친 검은 검날이 에르마쉬의 턱을 스쳤다. 어느새? 그가 경악하여 아래를 보았다.

'조금 얕았군.'

닿아봤자 방어벽에 막혔겠지만. 우현은 한 발 뒤로 물러섰다.

"이 새끼!"

에르마쉬가 고함을 질렀다. 놈이 든 대검이 휘둘러졌다. 삐걱거리며 세계가 일그러졌다.

콰앙!

그리고 굉음이 울렸다. 에르마쉬의 몸이 비틀렸다.

'대체 뭐야?'

믿을 수 없는 가속력이다. 게다가 이 거리에서 피해? 이 거리에서 휘두른 검은 검의 크기 때문에 시야 전체를 덮는다. 어지간해서는 피할 수 없단 말이다. 그런데 피했다. 피하는 것으로 모자라 반격까지 들어왔다.

경악한 것은 에르마쉬 뿐만이 아니었다. 다른 공격대원들도 우현의 움직임에 경악했다. 그들은 한 발 벗어나 있었기에 우현이 어떻게 움직이는지 똑똑히 보았다.

"…이거 템포 맞추기 힘들겠는데."

박광호가 중얼거렸다. 솔직한 감상이었다. 그는 우현처럼 움직일 자신이 조금도 없었다. 하지만 그렇다고 해서 가만히 지켜 볼 생각도 없다. 안토니 역시 머리를 끄덕거렸다. 나래와 카멜롯이 움직였다. 그들은 에르마쉬의 주변을 빙 둘러 싸고서는 각자 능숙하게 움직였다. 자연스럽게 탱커의 역할은 우현이 맡게 되었다. 공격을 유도하고, 에르마쉬에게 틈이 보인 순간 다른 헌터들이 공격하는 것이다.

"쥐새끼처럼 요리조리 피하는구나!"

에르마쉬가 고함을 질렀다. 그의 검이 땅을 내리찍었다.

콰지직!

대리석 바닥 위에 거미줄처럼 균열이 새겨졌다. 낮게 점프하며 몸을 뒤로 뺀 우현은, 에르마쉬를 향해 손을 뻗었다.

"재밌는 거 보여줄까?"

소곤거리는 소리에 에르마쉬의 눈이 크게 떠졌다. 안개가 몰아쳤다.

콰아앙!

쏘아진 안개가 에르마쉬의 몸을 뒤로 날려버렸다.

"네놈, 그건…!"

"그 좋은 코로도 이건 몰랐지?"

우현이 소곤거렸다. 에르마쉬의 눈이 부르르 떨렸다. 방금 그것은 라스 프라다의 능력이다. 그의 능력이 어찌 인간에게 깃들었단 말인가? 하지만 경악보다는 위기감이 앞섰다. 방어벽 위로 공격이 쏟아졌다. 거슬리는 인간들이 너무 많았다.

"귀찮게 하는 군!"

에르마쉬가 고함을 질렀다. 놈의 검신이 붉게 달아올랐다. 뭔가 일어난다. 우현은 그것을 느꼈다. 라스 프라다는 안개를 다루는 능력을 가지고 있었다. 그와 같은 네임드 몬스터인 에르마쉬에게 특별한 능력이 없을 리가 없다. 그렇다면 뭐지?

"폭발입니다!"

등 뒤에서 외침이 들려왔다. 박광호의 것이었다. 폭발? 우선은 피한다. 스위치를 바꾸고, 엔진을 올려서. 두통은 아직이다. 아직 더 할 수 있다. 그것을 확인하고,

꽈아앙!

에르마쉬가 휘두른 검이 닿은 곳에서 폭발이 일어났다. 저택 밖에서 들은 굉음의 정체가 이것이었나. 저 정도 크기의 검에 폭발이 뒤따른다면 확실히 상대하기 까다롭다.

하지만 그 역시 맞지 않으면 되는 일이다. 조금씩 거리는 벌린다. 적정거리를 유지한다. 에르마쉬의 검이 닿으면서, 우현의 검이 닿는 거리. 에르마쉬의검은 피할 수 있지만,

놈이 내 검을 피할 수 없는 거리.

휘둘러 베고, 찌르고, 당겨 베고, 위로 처올리고, 다시 아래로 내려 긋고. 거기서 한 호흡 쉬고, 발을 옆으로 끌어서 몸을 비틀고, 놈이 내지르는 검의 궤적을 따라 파고들어서 팔을 아래로, 검을 뒤로 빼서, 허리

를 비틀어 한 번 더. 머리 위로 검이 떨어진다. 받아내는 것은 안 된다. 폭발에 휘말릴 것이다. 대답은 정해져있다.

거기서 카운터.

콰앙!

에르마쉬의 머리가 뒤로 젖혀졌다. 에르마쉬의 얼굴이 분노로 일그러졌다. 전투가 시작되고 나서 몇 십 분이 흘렀지만 에르마쉬는 단 한 번도 우현에게 제대로 된 공격을 넣지 못했다. 검을 휘두르면 미리 그렇게 할 줄 알았다는 듯이 우습게 피해낸다. 이 거리라면 절대로 피하지 못할 것이라고 생각해도 번번히 간파 당한다. 피하는 것만이 아니라 이쪽의 힘을 역으로 이용해서 카운터를 집어넣고 있다. 다른 헌터들이 하는 공격보다 우현이 하는 공격이 압도적으로 많을 정도였다.

게다가 안개. 그것은 우현이 공격할 수 없는 각도에서 매섭게 찔러 들어온다. 아직은 방어벽이 깨지지 않았지만 이 속도라면 오래 버티지 못할 것이다.

'대체 뭐하는 놈이야?'

에르마쉬가 이를 갈았다. 겨우 인간 하나 때문에 흐름이 뒤집어지고 있었다. 우현이 오기 전까지만 해도 에르마쉬는 다른 공격대원들을 압도하면서 여유롭게 농락하고 있었다. 하지만 지금은 아니다. 놈을 무시하고 다른 인간들을 먼저 죽여 두려고 해도, 놈이 끈질기게 따라 붙어 행동을 차단하고 있다.

"거슬리게 하지 마라!"

에르마쉬가 고함을 질렀다. 놈이 크게 검을 휘둘렀다. 이 거리, 그리고 저 높이. 파고들 수 없다. 이건 뒤로 물러나야 한다. 우현은 빠르게 거리를 벌려 두며 손을 휘둘렀다. 안개가 몰아쳤다.

콰콰쾅!

에르마쉬의 몸이 휘청거렸다. 한 달 동안 라플라시아의 밀림에서 살았고 밤마다 몬스터를 사냥했다. 그렇게 얻은 마석은 모조리 우현에게 흡수되어 있었고, 그의 투기의 양은 압도적이라 할 정도로 많았다. 현 시점에서 그 어떤 헌터도 우현보다 많은 투기를 보유하고 있지는 않을 것이다.

그러기에 공격은 더욱 과감하고 무거워진다. 몰아치는 안개는 검격처럼 예리하다. 휘두르는 검은 무겁고 강하다. 연이은 폭발로 인해 저택이 뒤흔들렸다. 어쩌면 이대로 무너질 지도 모른다.

'서둘러야 돼.'

최대한 에르마쉬를 압박하고 빠르게 놈을 해치워야한다. 지난 번의 경우를 들었을 때, 에르마쉬가 위기에 처했을 때 보스인 유빈투스가 나타났다고 했다. 다행히도 그때와는 경우가 다르다. 그때는 화랑과 럭키 카운터의 연합 공격대가 에르마쉬에게 피해를 입고 지친 와중에 유빈투스가 나타났지만, 지금은 공격대 쪽에도 여유가 있다.

"뭐하고 있는 게냐?"

그리고 목소리. 높은 여자의 목소리였다. 에르마쉬의 표정이 굳었다.

"나의 여왕이시여!"

에르마쉬가 고함을 질렀다.

쿠우웅!

에르마쉬가 크게 발을 굴렀다. 우현은 비틀거리며 뒤로 물러섰다. 우현을 비롯한 다른 공격대원들의 얼굴에 긴장이 어렸다.

또각거리는 발소리가 울렸다. 위로 이어지는 계단에서 한 여자가 걸어내려오고 있었다. 우현의 시선이 계단으로 향했다. 길게 내려와 바닥에 끌리는 붉은 드레스와, 치렁치렁한 붉은 머리카락. 귀 위에 돋아나 빙글 휘어진 검은 뿔.

〈유빈투스〉

던전의 주인이 등장했다.

안토니가 했던 말 대로였다. 유빈투스는 크지 않았

다. 라스 프라다와 비교해서 에르마쉬도 크기가 조금 작기는 했지만, 유빈투스와 에르마쉬를 붙여 놓으니 다 큰 성인과 어린 아이 정도의 덩치 차이가 있었다. 우현으로서도 저렇게 작은, 그것도 네임드 몬스터는 처음 보았다.

"무엇 하느냐고 물었다."

걸을 때마다 또각거리는 구두 발 소리가 홀을 울렸다. 에르마쉬의 몸이 바들거리며 떨렸다. 그는 무언가에 위압되었고, 우현은 그에 공감할 수 없었다. 그는 작게 숨을 몰아쉬며 유빈투스를 바라보았다. 그녀가 계단을 내려 올 때마다 붉은 드레스가 바닥에 끌렸다. 바람도 불지 않는데 그녀의 머리카락이 흩날렸다. 기다란 속눈썹과, 높다란 코와, 커다랗고 반짝거리는 붉은 눈동자와, 그녀는 아름다웠다.

"하찮은 인간들에게 또 위협을 당하느냐?"

"…아닙니다…!"

에르마쉬가 끓는 목소리로 대답했다. 그는 머리를 치켜들었다. 그의 눈에 증오와 분노가 담겼다. 그것이 향한 것은 유빈투스가 아닌 우현이었다. 그는 우현을 내려보며 이를 갈았다.

"감히 나에게 모욕을 주다니…!"

"내가 뭘?"

우현은 어이가 없어서 되물었다. 그 물음에 에르마쉬는 대답하지 않았다. 대신, 놈이 검을 휘둘렀다. 붉은 기운에 감싸인 검이 우현에게 날아왔다. 닿는 순간 폭발에 휘말릴 것이고, 몸은 넝마조각이 될 것이다. 그러니 피한다. 파고들어서, 에르마쉬의 품 안으로 안기듯 들어갔다.

"엄한 곳에 화풀이하지 마."

우현이 내뱉었다.

콰앙!

두 개의 폭음이 울렸다. 에르마쉬의 검이 바닥을 박살내는 폭음과, 우현의 검이 놈의 방어벽을 두들기면서 낸 소리였다. 균열이 크게 벌어지며 바닥이 무너졌다.

에르마쉬가 노린 것은 그것이었다. 바닥이 완전히 무너졌다. 놈의 거구가 아래로 떨어지며, 우현과 다른 공격대원들도 바닥으로 추락했다. 2층과의 높이는 그리 높지 않다. 하지만 아주 잠깐 공중에서 체류한 시간은, 에르마쉬가 검을 휘두르기에 충분했다. 에르마쉬는 철저히 우현을 노리고 검을 휘둘렀다.

"큭!"

우현은 급히 검을 치켜들었다. 동시에 안개까지 끌어올려 몸을 덮었고, 투기로 몸을 강화했다. 어떻게든 공격을 버티기 위해서였다.

콰아앙!

폭발이 우현을 덮쳤다. 우현의 몸이 크게 뒤로 날아갔다.

"다 죽여 버리겠다!"

에르마쉬가 고함을 질렀다. 2층의 바닥까지 무너졌다. 착지를 못한 헌터는 없었지만 우현은 바닥을 나뒹굴었다. 그는 까득 이를 갈면서 몸을 일으켰다. 어떻게든 버티긴 했지만 검을 잡았던 손이 욱신거렸다.

"…개새끼가…."

우현은 욕설을 내뱉으며 검신을 살폈다. 단단하다더니, 과연 그 말대로였다. 폭발을 정면으로 받아냈음에도 검에는 흠집하나 없었다. 그것이 그나마 마음에 들었다.

공중에서 유빈투스가 천천히 내려왔다. 그녀는 눈을 아래로 내려 뜨며 그를 올려보는 공격대원들을 향해 손을 뻗었다.

"여왕이시여! 이곳은 제가…!"

"닥쳐라."

에르마쉬의 외침에 유빈투스가 짜증 섞인 목소리로 내뱉었다. 그 말에 에르마쉬의 입이 다물어졌다. 유빈투스는 우현을 힐끗 보더니, 다시 머리를 돌려 다른 헌터들을 바라보았다.

좋지 않아. 가급적이면 에르마쉬를 완전히 끝내고 나서 유빈투스가 등장하기를 바라였는데, 방어벽을 완전히 부수기도 전에 놈이 나타날 줄이야. 우현은 혀를 찼다. 에르마쉬는 상당히 뒤로 몰려 있었다. 어쩌면 조금만 더 몰아치면 에르마쉬를 완전히 끝낼 수 있을지도 모른다.

그 사이에 다른 헌터들로 하여금 유빈투스를 붙잡고 있어달라 할까? 아니, 유빈투스가 얼마나 강할지는 미지수다. 보스 몬스터이니 못해도 에르마쉬보다 강할 터. 그런 유빈투스를 붙잡고 있을 수 있을까.

생각은 나중에. 일단은 에르마쉬를 쓰러트리는 것이 먼저다. 라플라시아의 마석을 사용할까? 선하에게 주기 위해 가지고 있던 마석이다. 그것을 지금 선하에게 넘길까? 아니, 안 돼. 마석에 정확히 어떤 능력이 깃들어있는지도 모르고, 지금 마석을 건넨다고 해도 선하가 그것을 완벽하게 사용할 수 있으리란 보장은 어디에도 없다.

당장 우현만 하더라도 라스 프라다의 마석을 처음 먹었을 때, 안개가 폭주하는 것처럼 솟구쳐 나오지 않았던가. 만약 마석에 깃든 능력이 독이라면? 선하가 마석을 먹고, 그 능력이 폭주하여 사방에 독을 뿜는다면?

마이너스다. 오히려 이쪽의 전력을 몰살시킬 수도

있다. 그리고 그것은 우현에게도 똑같이 적용된다. 당장 라플라시아의 마석은 사용할 수 없다. 그것은 확실히 안전이 보장될 때, 그리고 이쪽이 대응할 수 있을 때 사용해야 한다.

"감히 여왕이 보는 앞에서 나를 모욕하다니!"

에르마쉬가 고함을 질렀다. 그러니까, 내가 뭘 했다고 지랄이야. 우현은 투덜거리면서 발을 움직였다. 폭발의 충격이 완전히 가시지는 않았지만 몸을 움직이는 것에 아직 큰 무리는 없다. 두통도 조금씩 밀려오고는 있지만 이 정도야 거슬리는 축에도 들지 않는다. 유빈투스는 등장하기는 했지만 다행이도 곧바로 개입하지는 않았다.

'상황을 지켜보고 있어.'

기회다. 그녀가 완전히 개입하기 전에 에르마쉬를 죽인다. 우현은 그렇게 마음 먹고서 밸런스를 바꿨다. 아직 투기에 여유는 많다. 마석을 어지간히도 처먹었으니까.

검격이 몰아쳤다. 에르마쉬는 어떻게든 우현을 잡기 위해 검을 휘둘렀지만, 우현에게 있어서 에르마쉬의 검은 느리기 짝이 없었다. 피하는 것에 아무런 무리도 없다. 1층으로 떨어진 이상 바닥이 박살나 아래로 추락할 걱정도 없다. 그래도 완전히 방심하지는 않는다. 폭발에 휘말리지 않도록 조심하면서 파고들고, 또 빠지고.

콰직!

위로 처올린 검이 에르마쉬의 턱을 갈긴다. 뒤로 빠지면서 안개를 휘둘러 놈의 행동을 압박한다.

"다리 붙잡아!"

"못 움직이게 해!"

등 뒤에서 악다구니가 울렸다. 유빈투스가 개입하면 승산이 희박해 진다는 것을 다른 공격대원들도 모두 알고 있었기 때문이다. 박광호와 안토니가 고함을 질렀다. 그들의 명령에 따라 다른 공격대원들이 일사분란하게 움직였다.

찌른 검이 에르마쉬의 다리 사이로 파고든다. 그들이 노리는 것은 철저하게 다리였다. 방어벽 때문에 직접적인 공격을 하지 못한다고 해도, 무기를 찔러 넣어 움직임을 방해하는 것 정도는 할 수 있다.

이곳에 있는 공격대원 모두가 최소 경력이 1년 이상이다. 네임드 몬스터는 몇 번이고 잡아보았고, 당연히 그에 대한 대처를 알고 있다. 물론 이 경우는 그들이 아는 것과 전혀 다른 상황이었다. 딜러의 역할도, 탱커의 역할도. 그 모든 것을 우현 혼자서 하고 있었으니까.

하지만 보조는 맞출 수 있다. 에르마쉬의 움직임을 막는 것. 다리 사이에 검을 찔러 넣고, 앞으로 달라 붙어 다리에 집중적으로 공격한다. 아무리 방어벽이라지만 막아내는 것은 몸으로 들어오는 충격 뿐. 진로를 방해하는 움직임은 걷어낼 수 밖에 없다. 우현이 뒤로 빠지는 시간은 충분히 벌 수 있다.

"이 벌레 같은 새끼들이!"

에르마쉬가 짜증섞인 고함을 내뱉었다. 놈의 검이 높이 솟구쳤다. 그 틈이었다. 검은 칼날이 빠르게 뻗어졌다. 선하의 검이었다. 한 달 사이에 돌아 온 우현은 그녀가 쫓을 수 없을 정도로 멀리 가 있었다. 그렇다고 해서 얌전히 뒤에 있을 생각은 없다. 에르마쉬의 검이 떨어지는 순간, 선하의 검이 에르마쉬의 겨드랑이로 파고들었다.

그리고 검을 비틀어 뽑는다. 그것만으로 공격 궤적이 살짝 비틀렸다. 에르마쉬의 눈이 선하를 보았다. 선하는 발을 빼고 뒤로 물러섰다.

"이 빌어먹을 계집이…."

"새끼가, 입에 걸레를 처 물었나."

소곤거리는 목소리가 에르마쉬의 등골을 싸늘하게 식혔다. 화악, 하고 검은 그림자가 놈의 얼굴을 덮었다. 가깝다. 어느 틈에 이렇게 가까이 파고들었지? 잠깐 시선을 팔았다고는 해도…

"네가 욕한 여자가 누군지 알아?"

콰직!

떨어진 검이 에르마쉬의 머리를 찍었다. 놈의 무릎이 살짝 아래로 굽혀졌다. 거리를 벌려야 돼. 이 이상 공격을 당한다면 방어벽이 버티지 못한다. 에르마쉬가 발을 뒤로 끌었다. 아니, 물러서지 못해.

콰앙!

등 뒤에서 쏟아진 충격에 에르마쉬의 몸이 앞으로 기울어졌다. 발이 멈춘다.

아주 잠깐의 시간.

그것은 우현에게 있어서 잠깐이 아니다. 몇 번이고 검을 휘두를 수 있다. 몇 번이고 방법을 모색할 수 있고, 그를 점검하며, 확신을 얻기에 충분하다.

한 번, 두 번, 세 번, 네 번. 에르마쉬의 생각이 더듬거리며 끊긴다. 검은 멈추지 않는다. 오른쪽에서 왼쪽, 왼쪽에서 다시 오른쪽. 거기서 위로 올리고, 아래로 내리 찍고. 발을 뒤로 한 번 빼서 허리를 비틀고. 이 거리라면 머리를 노릴 수 있다. 최대한 붙었고, 에르마쉬는 검을 휘두를 수 없다.

우현의 거리다.

콰앙!

에르마쉬의 몸이 땅을 뒹굴었다. 다리에 힘이 풀린 것이다. 손아귀가 축축히 젖었다. 피가 흐르는 모양이다. 조금 아프기는 하지만, 이 정도야 뭘. 우현은 숨을 몰아쉬며 에르마쉬를 향해 다가갔다. 유빈투스의 눈에 경악이 어렸다. 고작 인간 하나에게 에르마쉬가 저렇게 뒤로 몰린다는 것은 그녀로서는 이해하기 힘든 일이었다.

"빌어먹을… 빌어먹을…."

에르마쉬가 손으로 땅을 짚으며 욕설을 흘렸다. 덜덜 떨리는 시선이 우현에게 향했다.

"감히, 네가…!"

에르마쉬가 고함을 질렀다. 우현은 머리를 옆으로 돌려 퉤 침을 뱉었다.

"네가 욕한 여자가 누군지 아냐고."

검을 든다. 처음 쥐었을 때 무겁다고 느꼈지만, 이제는 조금도 무겁다는 생각이 들지 않는다. 완전히 길들였다. 팔 다리와 똑같게, 아니 그 이상으로.

"제네시스의 길드 마스터야."

소곤거리는 소리를 들으며 에르마쉬가 몸을 일으켰다.

"뭐 어쩌라는 거냐…!"

외치는 말에 우현은 피식 웃으면서 어깨를 으쓱거렸다.

"아가리 조심하라고."

그 중얼거림에 에르마쉬가 광분했다. 놈이 고함을 지르며 달려들었다. 정신을 놓고 휘두르는 것처럼 보이지만, 놈의 거검은 확실히 우현의 몸을 노리고 있었다.

"위험해!"

등 뒤에서 선하가 고함을 질렀다.

"걱정은."

엔진은 조금도 식지 않았다. 투기의 회전이 빨라진다. 쿵, 쿵. 거리는 소음이 느리게 다가온다. 성 난 황소처럼 돌격하는 에르마쉬를 향해 검을 아래로 내린다. 무릎을 굽힌다. 발에 힘을 준다.

빙글, 검을 돌린다. 검면이 위로, 날은 앞으로. 코앞까지 다가 온 놈의 검이 목으로 날아오고 있다. 거기서 상체를 약간 숙여서. 다리를 앞으로 뻗고 자세를 낮추고, 뒷발꿈치를 위로 들어서.

카가각!

휘두른 검이 에르마쉬의 옆구리를 스친다. 놈의 검은 우현에게 닿지 않았다. 근접전에서 있어 우현의 정신 가속은 무적에 가깝다. 우현보다 압도적으로 빠르지 않는 한, 우현에게 있어서 압도적으로 느리게 보이는 것이다.

지끈, 거리며 두통이 잠깐. 아직은 괜찮다. 그렇게 내리 누른다. 조금만 더. 그렇게 이어가면서 몸을 움직인다. 놈이 지나친 순간 몇 번이고 검을 더 휘두른다. 에르마쉬가 몸을 뒤로 돌린다. 놈의 검이 다시 위로 올라간다.

"느리다니까."

친절히 알려주었다.

에르마쉬의 방어벽이 박살났다.

에르마쉬의 얼굴이 하얗게 질렸다. 위기감은 느끼고 있었지만, 설마 진짜로 자신의 방어벽이 박살나리라는 생각은 조금도 하지 않았기 때문이다.

"이놈!"

에르마쉬가 고함을 질렀다. 놈이 검을 치켜들었다.

"유빈투스를!"

우현이 고함을 질렀다. 에르마쉬를 완전히 끝내기 전에 유빈투스가 개입하는 것을 막아야 한다. 다른 공격대원들이 유빈투스를 10분, 아니 5분만이라도 붙잡아 준다면 우현은 에르마쉬를 완전히 죽일 자신이 있었다.

"아하하!"

유빈투스가 웃음을 터트렸다. 그녀는 달려드는 공격대원들을 보지 않고, 우현을 바라보았다.

"대단하구나!"

유빈투스가 박수를 치며 말했다. 그녀의 몸이 천천히 아래로 내려왔다. 이윽고 그녀의 발이 땅에 닿았다. 그녀를 향해 달려들던 공격대가 목전까지 와있는 시점이었다. 유빈투스의 손이 들려졌다.

쩌엉!

선두의 박광호가 휘두른 검이 투명한 막에 가로막혔다.

'이게 뭐야?'

박광호는 손아귀에 느껴지는 반발력에 놀라 비틀거리며 뒤로 물러섰다. 연이은 공격이 유빈투스가 만들어낸 막 앞에 가로막혔다.

'마법을 쓴다고 하더니….'

이게 마법인가? 손에 닿는 느낌은 몬스터가 가진 방어벽과 다를 것이 없지만, 몸을 덮는 것이 아니라 허공에 방어벽을 만들어 내다니.

최대한 빨리 끝낸다. 우현은 그렇게 생각하며 투기의 회전을 가속시켰다. 이 능력에 대해서는 확실히 감을 잡았다. 투기를 회전시키는 속도는 우현의 의지대로 조절할 수 있었고, 회전하는 속도에 따라 비치는 세계가 달라진다.

물론 그에 따라 우현이 끌어안는 부담은 커진다.

에르마쉬의 경우에는 절 반 정도면 충분했다.

그 정도면 놈을 압도할 수 있다는 말이다.

에르마쉬는 이성을 잃은 것처럼 보였지만, 그 어느 때보다 냉정했다. 지금의 상황이 자신에게 결코 좋지 않다는 것을 차갑게 이해하고 있는 것이다.

'놈은 나보다 빨라.'

에르마쉬는 그것을 이해할 수가 없었다. 싸워본바, 우현의 움직임은 에르마쉬를 압도할 정도로 빠른 것은 아니었다. 하지만 에르마쉬의 공격은 좀처럼 우현에게 닿지 못한다.

'움직임 자체는 내가 더 빠른데….'

그것은 틀림없다. 그런데도 우현은 에르마쉬의 공격을 우습다는 듯이 피해냈다. 우현이 빠른 것이 아니다. 우현의 눈에 비치는 에르마쉬가 느리게 보이는 것이다.

그게 가능하단 말인가? 불신은 일단 삼킨다. 당장 처한 현실을 부정해 보았자 상황을 타개하는 것에 아무런 도움이 되지 않는다.

우현과 에르마쉬의 거리가 좁혀졌다. 이 이상 좁혀지면 그것은 우현의 거리가 된다. 에르마쉬는 거리를 줄 생각이 전혀 없었다. 돌진 자체는 빠르지 않다. 움직임은 내가 앞선다. 그러니, 거리를 벌리는 것 정도는 할 수 있다.

에르마쉬는 발을 크게 뒤로 뻗었다. 그의 몸이 뒤로 멀어지며 검이 날아왔다. 느려. 우현의 몸이 낮아진다. 거리를 벌리려는 등 제법 노력은 하는 것 같지만, 우현은 검을 빙글 돌렸다.

걷어내기 위해, 또는 견제하기 위해. 그렇게 휘두르는 검이 너무 느리다. 충분히 피할 수 있다. 피하고서 파고들 수 있다. 겨드랑이가 비었군. 우현은 천천히 움직이는 에르마쉬의 팔을 보았다. 아니, 일단 기동력을 끊을까. 다리를? 일격에 베어낼 자신은 없다. 방어벽이 없다고 해도 놈들은 단단하고, 크다.

크다고.

우현의 몸이 낮아졌다. 그는 벌리고 있는 에르마쉬의 다리 사이로 들어갔다.

"이놈!"

에르마쉬가 흠칫 놀라 몸을 돌렸다. 그가 뒤를 돌아보기도 전이었다. 우현은 검을 든 자세를 바꿨다. 휘두르는 자세가 아니다.

검을 높이 들었다. 검 끝은 아래를 향하고 있다.

콰직!

그대로 내리 찍었다. 에르마쉬의 몸이 흠칫 떨렸다.

"아아아으아아아!"

에르마쉬가 비명을 질렀다. 우현은 양 손으로 검을

꽉 잡으며 더 강하게 내리 눌렀다. 울컥거리며 피가 튀었다. 발꿈치에 박힌 검은 놈의 힘줄을 끊고서 깊이 박혀 있었다.

"으아아아! 인간, 인간 놈이 감히!"

"시끄러워."

슬슬 머리가 아파왔다. 우득, 소리가 났다. 우현은 에르마쉬의 발 뒤꿈치에 박힌 검을 옆으로 비틀어 뽑아냈다. 살이 찢어지고 뼈가 부러지는 소리, 힘줄이 완전히 끊어지는 소리. 에르마쉬의 몸이 휘청거렸다. 어떻게든 균형을 잡으며 검을 휘두르려 하지만, 왼쪽 발의 땅을 딛지 못하고 있으니 공격에 힘이 들어갈 리가 없다. 에르마쉬의 몸이 광대처럼 흔들렸다.

"…기분 나쁘다고."

인간, 인간 거리면서 하는 것이 말이야. 우현은 그렇게 중얼거리며 검을 빙글 돌렸다. 시커먼 검이 그의 손 안에서 돌았다. 피가 조금 튀었다. 에르마쉬의 피다. 다음은 어디를 갈까. 확실히 끊어버리는 편이 낫나. 그렇게 생각하며 검을 내리 찍는다.

"으아아!"

하지만 이번의 검은 맞지 않았다. 에르마쉬의 몸이 펄쩍 뛰어올랐다.

콰드득!

놈이 입은 갑옷의 등판이 박살나 솟구쳤다. 시커먼 날개가 활짝 펼쳐졌다.

"죽여 버리겠다!"

라스 프라다가 그랬던 것처럼, 놈도 나름대로 변신이라는 것을 할 수 있는 모양이다. 우현은 자신을 내려보는 에르마쉬의 눈동자가 끔찍한 빛으로 타오르는 것을 보았다. 기껏 잘라 놓은 발이 부글거리며 끓더니 상처가 사라졌다.

"…새끼가, 귀찮게 하네."

우현이 중얼거렸다. 에르마쉬는 이를 갈면서 우현을 향해 검을 집어 던졌다. 거대한 검이 매서운 파공성을 내며 우현에게 날아왔다.

그를 피한 순간, 에르마쉬가 돌진했다. 놈은 날카롭게 돋아난 손톱을 새로운 무기로 삼아 우현을 향해 휘둘렀다. 우현은 달려드는 놈을 살폈다. 움직임이 조금 빨라졌다. 게다가 날개, 저것이 거슬려. 공중을 날아다니니 이쪽의 대응이 제한된다.

'먼저 끊어 놓을까.'

상처를 재생시키는 것도 가능한 모양이지만, 날개를 끊어놓는다면 일단 놈을 아래로 내려오게 할 수 있다. 놈을 자신의 거리로 끌어들이는 편이 먼저다.

손톱이 날아오고 있었다. 방어벽은 없어. 놈이 입

은 것은 갑옷이다. 갑옷은 제법 견고해 보이는 군. 하지만 갑옷이라고 해서 만능은 아니다. 관절 부위에 여유를 두지 않는다면 몸을 움직이는 것에 제한되니까.

아주 작은 틈이지만, 검으로 찌르기에는 충분하지.

콰드득!

에르마쉬의 오른 팔이 허공으로 솟구쳤다. 놈의 팔이 휘둘러진 순간, 우현의 검이 에르마쉬가 입은 갑옷의 관절 틈 사이로 파고든 것이다. 에르마쉬가 비명을 질렀다. 우현은 얼굴로 튀기는 피를 무시하며 손을 뻗었다. 붉은 안개가 에르마쉬를 덮쳤다.

"으아아!"

날카롭게 변한 안개가 에르마쉬의 두 눈을 꿰뚫었다. 이대로 뇌를 찢어버릴 수 있을까? 아니, 무리였다. 놈이 미친 듯이 발광하는 덕에 안개가 흐트러졌다. 우현은 혀를 차면서 조금 거리를 벌렸다. 콰당탕! 시력을 잃은 에르마쉬가 땅을 뒹굴었다.

"빌어먹을… 이, 이 내가 이런….”

"슬슬 끝내자.”

우현은 에르마쉬를 향해 다가가며 말했다. 에르마쉬가 비틀거리며 몸을 일으켰다. 놈의 눈이 부글거리며 끓고 있었다. 상처가 재생되는 것이다.

에르마쉬가 날개를 활짝 펼쳤다. 상처가 재생되기

에는 조금 시간이 걸린다. 일단 거리를 벌린다. 공중
으로 날아 오른다면 놈은 쫓아올 수 없다. 그런 생각
을 하며 날개를 퍼덕거리는 순간이었다. 우현의 손이
뻗어졌다.

퍼퍼퍽!

쏘아진 안개가 놈의 날개를 찢어 놓았다.

"크아아!"

에르마쉬가 비명을 질렀다. 우현은 손가락을 까닥
거리며 날개를 완전히 찢어버렸다. 펄럭거려도 바람이
몰아칠 뿐 에르마쉬의 거구는 위로 떠오르지 않았다.

"개같은…."

"말 조심하라고 했잖아."

달렸다. 발소리를 들은 에르마쉬가 흠칫 놀라 주춤
거리며 뒤로 물러섰다. 아직 팔의 재생은 다 끝나지
않았다. 에르마쉬는 미친 듯이 하나 남은 팔을 휘둘렀
다. 손톱이 몰아쳤다. 허점투성이다. 파고 들 곳은 헤
아릴 수도 없이 많아 보인다.

에르마쉬는 죽음의 예감을 느꼈다.

그리고 그것은 사실이 되었다. 에르마쉬의 품 안으
로 파고든 우현이 검을 뒤로 뺐다. 그리고, 콰직! 압축
된 투기로 뒤덮인 검이 놈의 몸을 꿰뚫었다. 에르마쉬
의 입에서 피가 튀었다.

"갑옷 멋있네."

우현이 중얼거렸다. 가슴과 배 사이의 이음새를 꿰뚫은 검을 비튼다. 그리고 손을 뻗었다. 이 거리라면 피할 수 없다. 우현의 손이 이음새 위를 덮었다. 퍼버벅! 안개가 그 틈 사이로 파고들어 에르마쉬의 몸을 산산히 찢어냈다.

"커헉!"

에르마쉬의 입에서 피가 튀었다. 우현은 검을 더욱 강하게 비틀었다. 갑옷이 삐걱거렸다. 안개를 조금 더 강하게 움직였다. 우직거리는 소리와 함께 갑옷이 박살났다. 우현은 활짝 열린 에르마쉬의 가슴을 내려 보았다.

"제, 제발…."

에르마쉬가 헐떡거리며 말했다. 우현은 무표정한 얼굴로 에르마쉬의 얼굴을 내려 보았다. 피거품이 가득한 눈자위에 희끄무레한 빛이 돌아오고 있었다. 눈이 재생되는 것이다.

"싫어."

우현이 대답했다.

콰직!

검을 내리 찍었다. 에르마쉬의 몸이 크게 들썩거렸다.

"으아아!"

에르마쉬의 비명이 시끄러웠다. 우현은 개의치 않고 검을 더욱 강하게 내리 찍었다. 펄떡거리며 뛰는 심장이 보였다.

'놈의 사체를 내가 독점할 수는 없어.'

그렇다면 사체를 넘기기 전에 일단 마석을 뽑아낸다. 우현은 그렇게 생각하며 놈의 심장을 검으로 내리 찍었다. 에르마쉬의 입에서 찢어지는 비명이 들렸다. 우현은 손바닥을 축축히 적신 피를 에르마쉬의 심장 안으로 흘려보냈다. 놈의 심장 안에는 마석이 없었고, 이윽고 커다란 마석이 생겨났다.

우현은 빙글 몸을 돌렸다. 몸을 숙여 마석을 주웠다가 누군가가 봤을 경우 일이 귀찮아진다. 대신에 안개가 몰래 움직여 마석을 들어 올렸다. 우현은 그 마석을 곧바로 아공간 안으로 집어넣었다.

그리고는 유빈투스 쪽을 보았다. 유빈투스와 우현의 눈이 마주쳤다. 그녀는 웃고 있었다. 에르마쉬가 죽는 것을 두 눈으로 보고도, 그녀는 조금도 위협을 느끼거나 경악하지 않는 것처럼 보였다.

그리고 그녀의 앞을 가로막은 투명한 벽 앞에 다른 공격대원들이 숨을 헐떡거리고 있었다.

짝, 짝. 박수소리가 울렸다.

"훌륭하구나."

유빈투스가 말했다. 우현은 축 늘어진 에르마쉬의 시체 위에서 내려왔다. 우현은 일단 에르마쉬의 시체를 아공간 안으로 집어넣었다.

"설마 인간 중에 이렇게도 강한 인간이 있을 줄이야. 라스 프라다가 죽고, 에르마쉬까지 죽을 것이라고는 생각하지 않았는데."

"끼어들지도 않았으면서."

우현의 중얼거림에 유빈투스가 높이 웃었다. 그녀는 천천히 손을 들었다. 그녀가 손을 드는 궤적대로 공간이 일그러졌다.

"나의 기사에 대한 존중이었을 뿐이다."

유빈투스가 소곤거렸다. 개입하지 못한 것이 아니다. 개입하지 않았을 뿐이다. 유빈투스의 손이 더, 더 높이 올라갔다. 일그러지는 공간의 틈새에서 전류가 들끓었다.

"죽어버렸군."

유빈투스의 눈이 가늘어졌다.

"명예롭지 못한, 추한 죽음이었어."

전류가 폭발했다.

REVENGE

4. 유빈투스

HUNTING

NEO MODERN FANTASY STORY & ADVANTURE

REVENGE
HUNTING

4. 유빈투스

전류가 사방으로 쏘아졌다. 미리 대비하고 있던 공격대원들이 몸을 날렸다. 애초에 유빈투스는 공격하기 위해 전류를 쏘아낸 것이 아니었다. 단순히 공격대원들과 거리를 벌리기 위해 쓴 것이다.

거리가 벌어진 순간 유빈투스가 움직였다. 우현의 눈이 부릅 떠졌다. 유빈투스의 모습이 사라졌기 때문이다. 곧 위기감이 엄습했다. 우현은 반사적으로 검을 치켜들었다. 까앙! 높은 소리와 함께 우현의 몸이 비틀렸다. 어느새 유빈투스는 우현의 곁에 있었고, 그녀의 손이 우현의 검을 후려친 것이다.

'보지도 못했는데…?'

우현은 꿀꺽 침을 삼켰다. 유빈투스가 웃는 얼굴이 보였다. 우현은 급히 몸을 비틀며 검을 휘둘렀다. 하지만 닿지 않는다. 검이 유빈투스에게 닿으려는 순간, 그녀의 몸이 허깨비처럼 그 자리에서 사라져 버렸다.

"으아악!"

그리고 다른 쪽에서 비명이 울린다. 폭음이 저택을 뒤흔들었다. 연이어 터진 폭발에 휘말린 공격대원들의 몸이 넝마조각이 되어 허공으로 솟구쳤다.

"내 팔!"

악다구니가 울렸다. 폭발에 날아간 팔을 붙잡으며 한 남자가 비명을 질렀다.

"이런 미친!"

우현의 눈에 비친 유빈투스는 진정 마녀였다. 공격대원들이 어떻게든 그녀를 잡기 위해 무기를 휘둘렀지만, 그들의 공격은 유빈투스의 몸에 닿는 것조차 못했다. 그녀가 손으로 짚은 곳에 투명한 막이 생겨나 공격을 가로막는다. 발을 딛는 것으로 그 자리에서 사라져서는 전혀 다른 곳에 나타나고, 손을 휘저을 때마다 폭발과 뇌전이 쏟아진다.

'차원이 다르잖아…!'

라스 프라다나 에르마쉬와 비교가 되지 않는다. 아니, 단순 육체적 강인함은 앞선 둘이 나을지도 모르지만 유빈투스에게는 라스 프라다와 에르마쉬가 갖고 있지 않았던 변칙성이 있었다.

마법. 저것이 정말 마법인지 아닌지는 모르겠지만, 유빈투스의 능력은 라스 프라다와 에르마쉬와는 비교할 수가 없었다. 압도되었다. 대처 방법이 생각나지 않는다. 아무리 유빈투스의 움직임이 느리게 보인다고 해도, 눈 깜빡할 사이에 사라지고 다른 엉뚱한 곳에서 나타나는 그녀를 우현이 쫓을 방법은 없었다.

설령 쫓는다고 해도, 쩌엉! 휘두른 검은 그녀의 방어벽에 허무하게 가로막힌다. 빙글거리며 웃는 유빈투스의 눈과 우현의 눈이 마주쳤다. 유빈투스의 손가락이 뻗어졌다. 길게 뻗은 손가락이 우현을 가리켰다. 우현의 가슴이 쿵쾅거리며 뛰었다.

죽을 지도 모른다.

파직, 하고 전류가 튀었다. 시간이 급격히 느려졌다. 유빈투스의 손 끝에 전류가 모인다. 그것이 쏘아지려 할 때, 유빈투스가 손가락을 튕겼다. 튕기려 했다. 검지 끝이 굽어지고, 엄지가 검지를 받치고.

파지직!

전류가 쏘아졌다. 우현은 간신히 몸을 날려 유빈투스의 전격을 피해냈다.

"피했네?"

유빈투스가 깔깔거리며 웃었다. 마녀가 몸을 돌려 우현을 내려 보았다. 우현은 숨을 헐떡거리며 유빈투스를 올려 보았다.

'지금으로선 무리야.'

냉정하게 판단했다. 에르마쉬의 때와는 경우가 다르다. 라스 프라다의 때와도 다르다. 무기를 다루거나, 근접전으로 싸우는 몬스터의 경우. 우현의 능력은 상대보다 절대적인 우위에 설 수 있게 만든다. 근접전이라면 이쪽은 노 히트로 상대를 쓰러트리는 것도 가능하다.

하지만 유빈투스와 같은 상대에게 그것은 불가능하다. 그녀는 근접전을 벌이지 않으니까. 우현에게 있어서 상성이 최악이다. 간신히 버티는 것은 가능하겠지만, 그녀의 방어벽을 부술 수는 없다.

'…일단은 후퇴해야 돼.'

이대로 싸우다가는 개죽음이다. 다행히도 유빈투스의 카운트는 제법 남아 있었다. 어림잡아서 한 달. 한 달 동안은 현실에 몬스터가 나타나지 않는다.

"무슨 생각을 하고 있지?"

유빈투스가 물었다. 우현은 대답하지 않았다. 발을 조금 뒤로 끌었다. 유빈투스의 손가락이 올라갔다.

전류? 아니면 폭발? 유빈투스의 손가락이 빙글 돌았다.

"난 알고 있어."

유빈투스고 소곤거렸다.

"너는 라스 프라다를 죽였지. 그리고 2층으로 올라왔고, 그곳에서 사라졌어."

우현의 몸이 살짝 떨렸다.

"그때는 볼 만 했지. 설마 라스 프라다가 인간 한 명에게 쓰러질 줄이야! 솔직히 감탄했어. 인간이지만 인간이라고 믿을 수 없을 정도로 말이야."

유빈투스의 입꼬리가 올라갔다. 날카로운 송곳니가 드러났다.

"너는 장난감으로 써주마."

유빈투스가 소곤거렸다.

"내가 이 지긋지긋한 저택을 나갈 때까지, 너를 실컷 가지고 놀아 그 뒤에 천천히 죽여주마."

등 뒤에서 공격대원들이 덮쳤다. 유빈투스는 그 자리에서 움직이지 않았다. 대신, 그녀의 주변으로 투명한 막이 퍼져나갔다. 공격이 가로막힌다. 유빈투스는 귀찮다는 듯이 손을 휘저었다. 폭풍이 몰아쳤다. 불꽃의 폭풍이었다. 살이 타는 냄새와 비명이 찢어졌다.

'문을 열어야 하는데….'

라스 프라다 때와는 다르다. 놈은 의도적으로 우현을 고립시키기 위해 다른 공격대원들이 문을 여는 것을 내버려 두었다. 하지만 유빈투스는 그렇게 하지 않았다. 그녀는 철저하게 공격대원 모두를 죽일 생각이었고, 문을 열 틈 같은 것은 없다.

시간을 끌까? 라스 프라다의 때처럼? 혼자서 유빈투스의 시선을 끌고, 어떻게든 다른 사람들이 문을 열게 만들까? 그러면 똑같잖아. 유빈투스가 우현을 마크하고 있다. 다른 사람들이 문을 열게 만들어도, 결국 라스 프라다 때와 똑같은 일이 되풀이 될 뿐이다.

우현은 갇힐 것이고, 단 둘이서 유빈투스와 싸우다가, 그렇게 죽을 것이다.

끼긱.

우현의 몸이 흠칫 떨렸다. 유빈투스도 마찬가지였다. 그녀는 눈을 크게 뜨고 문 쪽을 돌아보았다. 잘못 들은 것이 아니었다. 천천히 문이 열리고 있었다. 유빈투스의 눈이 가늘어졌다. 유빈투스와 유빈투스를 따랐던 라스 프라다와 에르마쉬는 절대로 이 저택을 나갈 수 없다. 저택의 외벽을 파괴할 수도 없다. 이 저택 자체가 그들을 가두는 봉인이다.

즉, 그들은 바깥의 개입에 무방비하다. 문이 열린

다면 저 문이 열리는 것을 볼 수밖에 없다. 대체 누구지? 누구든 상관없다. 그래 봐야 인간일 것이고, 문이 열리는 순간 죽이면 된다. 몇 명이라도 상관없지. 유빈투스의 눈이 가늘어졌다. 파직거리며 전류가 끓었다.

문이 열렸다. 전류가 쏘아졌다. 누군지는 모른다. 어쩌면 다른 길드의 공격대가 상황 좋게 도착한 것일지도 모른다. 그것이 어찌 되었든 이것은 기회였다. 문이 완전히 열리고, 문이 닫히는 것은 순간이다.

"어이구, 깜짝이야."

놀란 중얼거림이 들렸다. 우현의 머리가 목소리가 들린 방향으로 돌아갔다. 새까맣게 그을린 바닥과 몇 걸음 떨어져서 한 남자가 어깨를 움츠리고 있었다.

"…세르게이?"

멍한 목소리가 나왔다. 가슴에 새겨진 것은 삐에로다. 파블로브 파블로비치 세르게이. 서커스의 단장이 열린 문의 너머에 서있었다. 세르게이는 우현의 중얼거림을 듣고서 우현 쪽을 힐끗 보았다. 그는 투구로 얼굴을 가리고 있었지만, 눈구멍으로 보이는 시선에 조금의 난감함이 어려있었다.

"…나 참."

그는 그렇게 중얼거리면서 안쪽을 힐끗 보았다. 상황은 이해하고 있었다. 그는 지금 막 도착한 것이 아니었고, 아까 전부터 저택 뒤편의 게이트 쪽에 모습을 감춰 저택의 상황을 살피고 있었다.

"…빚을 지워두고 싶지는 않거든."

이대로 싸우기에는 무모하다. 그것은 이제 막 문을 열어 안을 살핀 세르게이도 판단할 수 있을 만큼 명확한 것이었다. 안에 모인 공격대원들은 지쳐있었고, 반면에 머리 위에 〈유빈투스〉라는 이름을 가진 보스 몬스터는 조금의 상처도 없었다. 여기서 나 하나 가세한다고 해도 전황을 뒤집을 수는 없다.

세르게이는 한 발 물러섰다.

"나와라."

세르게이의 중얼거림에 우현은 순간 자신의 귀를 의심했다. 나오라고? 밖으로? 놈이 나를, 우리를 돕는건가? 대체 왜? 연이은 의문에 해답을 내릴 수는 없었다. '빚을 지워두고 싶지는 않다.' 세르게이가 중얼거린 말이 떠올랐고,

발레리아의 얼굴이 떠올랐다.

"…뛰어요!"

우현이 고함을 질렀다. 그 말이 무엇을 의미하는지는 나래의 공격대원들이 가장 잘 알고 있었다. 지금

당장 유빈투스를 쓰러트리는 것은 불가능하다. 그러니 일단은 후퇴해야 한다. 살아남은 공격대원들이 정신없이 열린 문을 향해 뛰어갔다. 그것을 보고 유빈투스의 미간이 일그러졌다.

"도망을…!"

유빈투스가 손을 뻗었다. 파직거리는 전류가 등을 돌린 공격대원들을 향했다. 우현이 땅을 박찼다. 휘두른 검이 유빈투스를 향해 쇄도했다. 유빈투스의 눈이 우현을 향해 돌아갔다.

쐐액!

휘두른 검이 허무히 허공을 베었다. 단거리 공간이동이다. 유빈투스는 우현에게서 멀찍이 떨어져 공격대원들의 지척으로 이동했고, 폭발 직전의 전류가 그녀의 손에 가득 어렸다. 놓쳤다. 늦었다. 우현이 급히 발을 뻗었다.

하지만 우현이 아무리 빠르다고 해도, 유빈투스의 공격보다는 빠르지 않다. 못해도 다섯 이상은 죽을 것이다. 어쩌면 그보다 많다. 아무리 단단한 갑옷으로 몸을 둘렀어도 흐르는 전류를 막아낼 수는 없으니까.

"아오."

짜증섞인 목소리와 함께, 세르게이가 움직였다. 등

뒤에 걸치고 있던 클레이모어가 빠르게 뽑혔다. 양 손으로 검자루를 잡는 것. 발을 뻗는 것. 허리를 비틀고, 그 반동으로 검을 휘두르는 것. 그것은 물이 흐르는 것처럼 자연스럽게 연계되었다.

"흡!"

짧은 기합 소리와 함께 검이 휘둘러졌다.

쩌엉!

세르게이가 휘두른 클레이모어가 유빈투스의 방어벽에 부딪혔다. 그녀의 몸이 살짝 휘청거리며 전류를 뿜어내려던 손이 위로 들렸다.

파지직!

쏘아진 전류가 천장에 부딪혔다.

"여기서 안 나갈 거냐?"

세르게이의 목소리가 다가왔다. 우현에게 묻는 질문이었다. 세르게이의 진의는 모른다. 발레리아의 얼굴이 아른거렸다. 우현은 발을 뻗었다. 조금씩 발이 빨라졌다.

"꺄하하하!"

등 뒤에서 유빈투스가 웃음을 터트렸다. 그녀는 더 이상 쫓으려 들지 않았다. 천천히 닫히는 문 틈의 너머로 발을 딛은 순간, 유빈투스의 외침이 들렸다.

"도망쳐 봐야 소용없다!"

몸을 완전히 빼내고서, 뒤를 돌아보았다. 닫히는 문의 너머로 유빈투스가 미친 듯이 웃고 있었다.

"당장 목숨을 부지해봤자 너희에게 희망은 없다! 너희는 약해! 인간은 너무 약해!"

"응."

낮은 목소리로 대답했다. 닫히는 문과, 그 너머의 유빈투스를 노려보면서 우현이 중얼거렸다.

"지금은 약하지."

문이 닫혔다.

다들 지친 기색이 만연한 모습으로 그 자리에 주저앉았다. 박광호는 땀으로 흥건하게 젖은 얼굴을 손으로 감쌌고, 안토니는 상처 입었던 팔을 손으로 붙잡고서 신음을 흘렸다. 박희연은 아무런 말도 하지 못하고 머리를 푹 숙였다. 선하는 창백하게 질린 얼굴로 멍하니 하늘을 올려보았다.

하고 싶은 말이 많았지만, 우현은 검을 떨리는 손을 꽉 쥐었다. 손은 피로 흥건하게 젖어 있었다. 찢어진 상처에서 욱신거리는 아픔이 올라왔다. 그는 머리를 돌려 세르게이를 바라보았다. 모두가 지쳐있었지만 그만이 조금도 지치지 않은 모습으로 그곳에 서있었다.

침묵이 흘렀다. 우현이 세르게이를 보는 것처럼, 다른 이들도 세르게이를 바라 보았다. 갑작스레 나타난 그는 위기에 처한 공격대원의 틀림없는 우군이었다. 그가 시기 적절하게 문을 열지 않았더라면, 우현을 포함한 공격대원들은 저 저택 안에서 유빈투스에게 몰살당했을 것이다.

하지만 지금은? 저택을 나왔다. 그 끔찍스러운 마녀의 손에서 간신히 벗어났다. 그렇기에 당시에는 보지 못했던 것을 명확하게 볼 수 있게 되었다.

가슴에 새겨진 삐에로의 얼굴. 그것의 의미를 모르는 이는 이곳에 있는 이들 중 아무도 없었다. 박희연과 선하의 눈에 긴장이 어렸다. 그 둘은 우현과 함께 서커스의 습격을 직접 겪은 장본인이었다. 둘은 저곳에 선 남자가 누구인지 확실히 알고 있었다.

서커스의 단장, 파블로브 파블로비치 세르게이. 전 S급 헌터. SS급 헌터가 길드 마스터로 있던 길드, 루돌프를 몰살시킨 남자.

범죄자, 고스트 헌터.

"왜 도와줬지?"

우현이 물었다. 그 물음에 세르게이는 안면 가리개를 위로 살짝 올렸다. 그는 담배를 꺼내 입에 물었다. 불을 붙이던 세르게이는 우현을 힐끗 보았다.

"하나 필래?"

그 물음에 우현은 대답하지 않고서, 대신 자신의 담배를 꺼내 입에 물었다. 세르게이는 피식 웃었다. 서로 담배에 불이 붙었다. 희뿌연 연기가 위로 올랐다.

"발레리아한테 들었다."

세르게이는 시선을 위로 들었다. 시선과 함께 연기가 위로 뿜어졌다.

"발레리아가 말하더군. 너 아니었으면 죽었을 것이라고."

"그래서."

우현은 연기를 아래로 내뿜었다. 그는 시선을 들어 세르게이의 얼굴을 노려보았다.

"그것 때문에, 우리를 도왔다고?"

"응."

"돈이 최고라고 사람을 죽이고, 쓰레기 짓을 다 하던 네가?"

"응."

카악, 퉤. 세르게이는 머리를 옆으로 돌려 침을 뱉었다.

"…어우, 야. 시선 존나 살벌하다."

세르게이가 낄낄거리면서 웃었다.

"네가 어찌 생각하건 자유인데, 네가 발레리아를 구해줬다길래 나도 널 한 번 도와야겠다고 생각했을 뿐이야. 그러니까… 이건… 돈이랑 똑같은 거지. 응, 의뢰랑 똑같아."

세르게이는 어깨를 으쓱거렸다.

"돈을 받고, 일을 시키면… 나는 그것을 했지. 왜냐하면 돈이 있어야 되니까. 응, 그게 전부야. 러시아의 겨울은 혹독하거든."

토웅, 하고 담뱃불이 허공으로 튀었다.

"그래서… 내가 너를 도운 것도, 그거랑 똑같아. 나는 돈을 받고 의뢰를 수행했지. 너는 내 동생을 도왔고, 나는 너를 도왔어. 기브 앤 테이크지. 그리고 이제 끝이야."

"…의뢰는 어떻게 되었지?"

우현이 물었다. 담배를 새로 물던 세르게이가 우현을 힐끗 보았다.

"너는 죽은 것으로 되어 있었어."

세르게이의 눈이 가늘어졌다.

"일 처리는 확실히 해야지. 나는 너를 죽이지 않았고, 내가 받은 의뢰는 너를 죽이는 것이었는데… 넌 멋대로 죽어버렸지. 죽은 것으로 되었지. 의뢰는 취소다. 내 쪽에서 의뢰금은 돌려 보냈어. 그것으로 끝이고, 앞으로 너에 관한 의뢰는 받지 않을랜다."

"왜지?"

"넌 너무 강해졌어."

세르게이는 머리를 흔들며 중얼거렸다.

"시크릿 던전의 보스 몬스터를 혼자 썰어버렸다고? 미친, 말이 되어야지. 그런 괴물을 내가 어떻게 잡아? 너랑은 별로 엮이고 싶지 않아."

"넌 강해."

우현이 내뱉었다. 몸을 돌리던 세르게이의 몸이 우뚝 멈췄다.

"그래서?"

세르게이가 물었다. 우현은 말없이 세르게이의 등을 노려보았다.

"계속 하이에나 같은 짓만 할 거냐?"

"이상한 말을 하네. 하이에나가 뭐 좋아서 시체 먹는 줄 아냐. 그것 말고 방법이 마땅치 않으니까 먹는 거야. 그리고 나는, 나쁜 놈이거든."

세르게이가 뒤를 돌아 우현을 힐끗 보았다.

"사람 많이 죽였다. 자격 박탈당하기 전에도 의도적으로 파티원 몰살시켰고. 그러니까 쓸데없는 것 권하지 마. 나는 지금 생활에 별 불만 없으니까."

"발레리아는?"

우현이 물었다. 그 물음에 세르게이의 시선이 차갑게 식었다.

"…안부 전해달라더라."

세르게이가 몸을 돌렸다. 그는 손을 흔들더니 천천히 멀어졌다.

"…이대로 보낼 거에요?"

박희연이 물었다. 그 물음에 우현은 천천히 머리를 끄덕거렸다.

"어찌 되었든 도움을 받은 것은 사실이니까."

우현은 한숨을 내쉬었다.

세르게이는 더 이상 우현에게 관련된 의뢰를 받지 않겠다고 선언했다. 그것이 사실인지, 아니면 거짓일지는 모른다. 확실한 것은 더 이상 세르게이는 우현에게 큰 위협이 되는 존재가 아니라는 것. 세르게이 역시 그것을 깨달았을 것이다.

'…그래도 놈의 실력은 뛰어나.'

자체적으로 스위치를 창안해내고 그것을 몸에 완벽히 새겨넣었다. 클레이모어를 다루는 것을 볼 때 무기를 다루는 실력도 뛰어나다. 그 정도로 뛰어난 헌터는 흔치 않을 것이다. 유빈투스 같은 강력한 몬스터가 앞으로 계속 나타난다고 생각할 때, 세르게이처럼 뛰어난 실력의 헌터는 전력으로서 필요하다.

하지만 세르게이는 그를 거절했다.

"일단 밖으로 나갑시다."

우현은 손으로 얼굴을 감쌌다.

"해야 할 말이 있어요. 해야 할 일도 있고."

◉

몇 번이고 생각했다. 자신이 이를 말하는 것이 옳은가. 아니, 옳고 그름을 떠나서, 해도 되는가.

혹은, 얘기를 듣고서 나를 어떻게 바라볼까. 미친 놈으로 볼까? 아니면 미치광이로 볼까. 우현은 거울에 비치는 자신의 얼굴을 바라보았다. 딱딱하게 굳은 표정이었다. 그는 손을 들어 자신의 양 뺨을 가볍게 쳤다. 찰싹, 하는 소리와 함께 얼굴 근육이 경직된 것이 조금 풀렸다.

"…어쩔 수 없지."

혼잣말을 중얼거렸다. 어쩔 수 없다. 그는 다시금 생각하면서 방을 나왔다. 거실에는 아무도 없었다. 선하와 시헌, 민아는 미리 판데모니엄의 안으로 보내 두었다. 한 달 만의 재회의 회포를 제대로 풀 겨를도 없이.

"…후우."

한숨을 한 번 쉬고, 한 걸음 앞으로 걸었다.

우현은 판데모니엄 광장의 중앙에 섰다. 바로 어제, 우현과 선하, 그리고 나래와 카멜롯의 연합 공격대는 62번 던전에서 후퇴하여 판데모니엄으로 돌아왔다. 우현은 일방적으로 내일 협회 중앙의 건물에서 만나자는 말과, 그리고 박광호에게는 내일의 만남에 한국의 협회장인 김태완이 오는 것을 주선해 달라 부탁했다. 최우석의 실종, 죽음 이후로는 박광호가 나래의 길드 마스터의 자리에 올랐고, 아무래도 대형 길드의 마스터인 박광호의 입김이 협회장을 움직이는 것에 필요하다고 느꼈기 때문이다.

'우석이는?'

어제, 헤어지기 전에. 박광호는 그렇게 물었다. 죽었습니다. 우현은 담담하게 대답했고, 박광호에게 최우석의 시체와, 그의 유언을 전해 주었다. 망연자실하던 박광호의 얼굴과 손으로 얼굴을 감싸 울던 박희연의 모습. 낙담하는 나래의 길드원들.

"우현아."

협회의 건물 안으로 들어섰을 때였다. 선하의 목소리가 들렸다. 우현은 시선을 들어 선하를 바라보았다. 그녀는 조금 긴장한 얼굴로 우현을 바라보고 있었다.

"왜 나와 있어?"

"너 기다리느라."

선하가 대답했다. 그녀는 잠시 말을 멈추고 시선을 돌려 뒤쪽을 힐끗 보았다.

"다들 안쪽에 모여있어."

그 말에 우현은 천천히 머리를 끄덕거렸다.

"많은 사람들이 왔어."

선하가 앞장 서서 걸으며 말했다. 선하의 뒤를 따르면서 우현은 새삼, 이것이 오랜만이라고 생각했다. 소루나의 밀림에서 선하를 만났을 때. 그것이 모든 것의 시작이었다. 우현이 선하와 엮이게 된 것. 그리고 함께 네임드 몬스터를 사냥하고, 시헌이와 민아가 위험한 일을 겪고, 함께 제네시스를 만들고.

고작해야 반 년 정도 전의 일이다.

그때 만났을 때만 해도, 선하는 우현의 앞에서 걷고 있었다. 하지만 언제부턴가 우현은 선하의 뒤가 아니라, 선하의 앞에서 걷게 되었다. 우현이 가진 힘이 달라졌기 때문이다.

"한국 협회 지부장과… 영국의 협회장도 왔지."

"…영국?"

"카멜롯의 길드 마스터가 부른 모양이야."

"잘 됐네."

우현이 머리를 끄덕거렸다. 애당초 만나서 이야기하자고 했던 것은 나래와 제네시스, 카멜롯, 그리고 한국 협회 지부장인 김태완 정도였지만, 거기에 거물 인사가 하나 더 껴버렸다. 상관없다. 오히려 우현이 말했던 것처럼 잘 된 일이다.

"…대체 무슨 이야기를 하고 싶어서 다들 불러 모은 거야?"

"나에 대해서."

우현이 중얼거렸다. 그 말에 선하가 놀란 얼굴로 우현을 돌아보았다. 우현은 선하의 시선을 받으며 어깨를 으쓱거렸다.

"왜 그래?"

"…너에 대해서라니?"

"다들 궁금해 할 것 아냐. 내가 한 달 동안 어디서 뭘 했는지."

"…그것 말하자고 이렇게 많은 사람들을 불러 모은 거야?"

"…뭐, 꼭 그거만 말하려는 것은 아니야."

우현은 쓰게 웃었다.

"네가 예전에 물었지. 나는 가끔, 이상하다고. 그렇지 않아? 몬스터에게서 마석을 뽑아내는 능력이라던가…"

우현은 손가락을 까닥거리며 움직였다. 붉은 안개가 일어섰다.

"이런 능력. 신기하잖아. 다른 헌터들 중에서 이런 능력을 가진 헌터는 한 명도 없어."

"…그야 그렇지만…."

"그래서, 전부 말하려고."

우현은 선하를 지나쳤다. 멀찍이서 닫힌 문이 보였다.

"내가 가진 능력이랑."

우현은 크게 숨을 삼켰다.

"내가 누구인지."

문이 열렸다.

널찍한 방에는 많은 사람들이 모여 있었다. 어제 살아남은 카멜롯의 공격대원들과, 나래의 공격대원들. 그리고 조금 긴장한 얼굴로 앉아있는 시헌과 민아. 우현과 선하가 안으로 들어오자 시헌과 민아의 표정이 밝아졌다. 그들로서는 왜 자신들이 이곳에 앉아 있는 것인지 알 수 없었을 테니까.

"왔군."

김태완의 목소리였다. 그는 몸을 일으켜서 우현을 바라보았다. 그의 얼굴에 조금 감탄이 어렸다.

"이야기는 들었네. 자네가 카운트가 얼마 남지 않

았던 에르마쉬를 쓰러트리는 것에 큰 기여를 했다던
데."

다가온 김태완이 손을 뻗었다. 우현은 김태완의 손
을 맞잡고 살짝 머리를 끄덕거렸다. 김태완의 뒤편에
는 조금 날카로운 인상의 중년인이 서있었다. 흰 머리
가 드문드문 섞인 검은 머리카락을 단정히 빗어넘긴
백인이었다. 저 남자가 영국의 협회 지부장인 모양이
었다.

"…모여 주셔서 감사합니다."

대본이라도 준비할 것을 그랬군. 우현은 자신에게
몰리는 시선을 의식하면서 낮게 헛기침을 했다.

"…여러분을 불러 모은 것은, 다름이 아니라… 이
건 조금, 또 굉장히. 그런 뜬금없는 이야기인데."

빙빙 둘러 말하는 것은 성격에 안 맞는다. 그가 말
한 것처럼 지금부터 할 말은 뜬금없고, 또 믿기 힘든
이야기다.

그러니 정면으로 나간다.

"진지하게 들어주십시오."

한 호흡 쉬고서,

"저는 다른 세상에서 왔습니다."

대뜸 폭탄을 던졌다. 반응은 곧바로 돌아오지 않았
다. 그럴 만도 하다고, 우현은 생각했다. 아니면 너무

갑작스러워서 다들 제대로 듣지 못한 것일까. 그래,
그렇다면 한 번 더 말해주면 된다.

"저는 다른 세상에서 왔습니다. 정확히 말하자면,
이곳과 비슷한… 그런 세상에서."

조금 더 덧붙여서, 길게 말했다. 그리고는 모두의
표정을 살폈다. 대부분의 표정이 똑같았다. '저 새끼
가 지금 뭐라고 지껄이는 거야?' 입 밖으로 나오지는
않았지만, 그들의 머리에는 그런 문장이 떠 있는 듯
했다. 민아의 입술이 헤 벌어지고 시헌이 눈을 깜박거
렸다. 선하가 옆머리를 베베 꼬았고 박희연이 머리를
갸웃거렸다. 박광호가 머리를 갸웃거리고 안토니가
묘한 얼굴로 우현을 바라보았다. 흠, 으흠. 김태완이
헛기침을 뱉었다. 그리고,

"그딴 재미없는 농담을 하려고 이 많은 사람을 부
른 건가?"

미간을 찡그린 영국의 협회장이 내뱉었다. 우현은
시선을 돌려 그를 바라보았다.

"그러고 보니, 이름도 못 들었군요. 누구십니까?"

우현은 표정하나 바꾸지 않고 그렇게 물었다. 그
물음에 그 남자가 대답했다.

"듀란 맥버드라고 하네. 자네의 이름이 정우현이
지?"

"예, 맞습니다."

"정우현, 정우현. 자네에 대해서는 조금 알지. 대단한 헌터가 각성했다고 소문이 많았으니까. 초기 등급 심사에서 F급, 그리고 고작 두 달만에 등급을 B급까지 올리고, 그 뒤의 등급 심사에서는 A급. 서커스의 단장인 파블로브 파블로비치 세르게이를 쓰러트렸고, 또… 62번 던전에서 한 달 동안 행방불명. 죽은 줄 알았더니 사실은 살아 있었고, 강림 카운트가 얼마 남지 않았던 에르마쉬를 쓰러트리는 것에 큰 기여를 했다고도 하고."

듀란이 숨도 쉬지 않고 빠르게 우현의 공적에 대해 읊었다. 그의 눈이 가늘어졌다.

"뭐, 좋아. 아주 대단한 헌터지. 각성한 지 반 년도 안 되었는데 이만한 공적을 올린 헌터는 단 한 명도 없어. 천재라고 이름 높던 나래의 최우석도 저 정도는 아니었고, 세계에서 가장 뛰어난 헌터라는 럭키 카운터의 막시언 밀리베이크, 볼프의 볼코프 막시노비치 이고르도 그 정도는 아니었어. 하지만, 하지만 말이야."

듀란이 머리를 흔들었다.

"자네가 뛰어난 헌터라고 해서, 이 많은 사람을 모아놓고 헛소리를 늘어놔도 된 다는 것은 아니란 말일

세. 다른 세계에서 왔다? 그게 대체 뭔 말도 안 되는 헛소리…."

"아직 제 말이 다 끝나지 않았습니다."

우현은 양 손을 펼쳤다.

"이야기는 이제 막 시작되었을 뿐이고, 제가 방금 전에 여러분에게 한 말은… 일종의… 그러니까, 서두라는 겁니다. 나는 다른 세계에서 왔다. 다른 세계에서. 이것은 조금의 거짓도 없는 사실입니다. 제가 이어 말 할 이야기를 여러분이 이해하기 위해서, 일단은 밝혀두는 것일 뿐이고요. 믿던 믿지 않건, 그것은 여러분의 자유입니다."

"말도 안 되는."

듀란이 헛웃음을 흘리며 중얼거렸다. 그리고 그의 말에 대부분의 사람들이 공감하는 눈치였다. 김태완이 낮게 헛기침을 흘렸다.

"너무 갑작스럽군."

그는 그렇게 말하면서 우현의 얼굴을 힐끗 보았다.

"다른 세상이라니… 그러니까, 음… 만약 그것이 사실이라고 한다면, 자네는… 뭐… 왜 이곳에 있는 것인가?"

"애당초 다른 세상이라는건 또 뭡니까. 다른 차원?"

"영화 속에 나오는 그런 세상인가요?"

낄낄거리면서 질문이 날아왔다. 예상했던 반응이었다. 우현 본인도 자신이 이런 이야기를 듣는다면, 분명히 진지하게 듣지 않았을 것이다. 그래도 선하와 시헌, 민아를 비롯한 우현을 개인적으로 아는 사람들은 어떻게든 진지하게 들으려고 노력하는 것처럼 보였다.

"여러분이 알고 있는 세상과 똑같습니다."

우현이 입을 열었다.

"내가 사는 세상은, 그렇게 크게 다르지 않습니다. 영화 속에 나오는 그런 세상은 아닙니다. 소설 속에 나오는 세상도 아니고요. 차가 날아다니고, 초능력자가 있고, 뭐… 그런 세상도 아닙니다. 외계인도 없습니다. 문명의 수준이 다른 것도 아닙니다. 지금의 세상과 거의 같습니다."

비웃음을 무시하고서 우현은 계속해서 말했다.

"한국이 있고, 미국이 있고. 그런 세상입니다. 세세한 것은 다르지요. 가령, 저희 세상에 카멜롯이라는 길드는 없었습니다. 나래도, 제네시스도, 없었습니다."

"…그 말은…"

선하가 중얼거렸다. 우현은 머리를 끄덕거렸다.

"내가 살았던 세상에도 판데모니엄은 있었습니다. 몬스터도 있었고, 헌터도 있었습니다. 나 역시 헌터였고."

"…말도 안 되는 공상이야."

듀란이 중얼거렸다. 하지만 우현은 그 중얼거림을 무시했다.

"나는 그 세계에서, 지금과 같은 한국인이었습니다. 이름은 달랐지요. 나는 그 세계에서 김호정이라는 이름을 가지고 있었고, SS급 헌터였습니다. 길드에도 소속되어 있었지요. '퍼레이드'라는 이름의 길드였고, 나는 그곳의 원년 멤버였습니다."

"…SS급 헌터였다고?"

"믿건 안 믿건 그건 당신들 자유입니다."

우현은 머리를 흔들었다.

"나는 있는 그대로 사실을 말할 뿐이고. 자아, 그래서… 또 뭘 말해야 하더라."

우현은 턱을 긁적거렸다.

"내 세상은 멸망했습니다."

웅성거림이 멎었다. 차가운 정적이 감돌았다. 딱 좋군. 우현은 작게 숨을 삼켰다. 떠들썩하지 않으니까 아주 좋아. 나도 내 생각에 집중할 수 있으니까.

"내 세상에서, 나와 같은 헌터들은. 판데모니엄을

공략하는 것에 성공했습니다. …아니, 공략이라는 말
은 틀리군. 공략 직전까지 갔습니다. 마지막 던전까
지 갔다는 말입니다."

"…그래서요?"

박희연이 꿀꺽 침을 삼키며 물었다.

"마지막 던전이 몇 번 던전이었는지는 기억나지 않
습니다. 나는 비교적 멀쩡하게 과거의, 이전 세상의
일을 기억하고 있지만… 유일하게 마지막 던전이 몇
번째 던전이었는지에 대해서는 기억하지 못합니다.
뭐, 그것은 지금 내가 하려는 이야기에 대해서는 별
상관없는 이야기입니다만. 어찌 되었든, 나는… 우리
는. 마지막 던전까지 갔습니다. 그 던전의 이름은 '판
도라'였고."

욱신거리며 머리가 아팠다.

"그 던전을 지키는 최후의 보스 몬스터는 '데루가
마키나.' 나를 비롯한 모든 헌터들은 그 괴물에게 패
배했습니다."

머릿속에 웃음소리가 맴돌았다. 데루가 마키나의
웃음소리였다. 시체의 틈바구니 사이에서 웃던 그 괴
물의 모습이 보였다. 시체로 쌓여진 콜로세움의 정 중
앙에서 웃던 모습과, 새하얀 공간에서 천변만화하며
자신을 희롱하던 모습이 스친다. 까득하고 이가 갈렸

다. 꽉 쥔 주먹에 힘이 들어갔다.

"나 역시 죽었습니다."

지금, 이곳에 있는 모두가 우현의 말을 사실이라고 믿고 있는 것은 아니다. 하지만 그렇다고 해서 그들 모두가 우현의 말을 비웃는 것은 아니었다. 비웃음은 멈췄다. 우현의 목소리에 실린 떨림을, 그가 가진 깊은 분노와, 증오와, 또 두려움.

"그 괴물은 던전 밖으로 나와 내 세상을 완전히 파괴했고, 그것이 끝난 뒤에 나를 불러들였습니다. 나는 죽었지만… 어떻게든 의식은 남아서, 그 괴물과 독대할 수 있었지요. 그리고 나는 이 세상으로 오게 되었습니다."

"…하지만 너는 우현이잖아."

선하가 중얼거렸다.

"맞아요. 오빠는 우현이잖아요? 여동생도 있다고 했고… 가족도…."

민아가 더듬거리며 말했다. 그 말에 우현은 잠시 입술을 다물었다.

그가 생각한 것은, 자신이 지금 한 말이 가족에게 전해지지 않을까 하는 두려움이었다. 만약 전해진다면? 원래 당신들의 아들, 그리고 또 오빠의 인격은 사라졌고, 그 안에 호정이라는 전혀 모르는 남자가 깃들었다면? 그리고 그 남자가 아무 말도 하지 않고, 태연스레 당신의 아들과 오빠의 행세를 하고 있는 것이 전해진다면.

그들은 어떻게 받아들일까? 어머니의 얼굴을 떠올렸다. 현주의 얼굴을 떠올렸다.

"맞아. 나는 우현이지."

그러니,

"우현으로 태어났어. 그리고 우현으로 살았지. 그리고 나서 한 일 년 전 쯤에, 자연스레 기억이 떠올랐어. 내가 원래 누구였는지. 전생의 기억, 뭐 그런 거야."

거짓말을 했다.

"내가 떠올린 기억은, 내가 살았던 삶과 전혀 다른 것이었지. 그래서 나도 혼란스러웠어. 하지만 확실한 것은 있었지. 나는… 전생의 나는, 김호정이라는 이름이었다는 것. 그리고 죽어서 데루가 마키나에 의해 이 세계로 보내졌다는 것."

"자네의 말이 사실이라고 치고."

듀란이 이마를 손으로 감싸며 중얼거렸다. 그는 우현의 말이 사실이라고 생각하지 않았다. 그런 일이 가능할 리가 없다. 듀란이 생각하기에 우현은 심각한 과대망상증의 환자였다. 어쩌면 한 달 동안 던전에서 갇힌 생활이 그의 정신을 병들게 했을지도 모르지. 그렇게 생각하면서도 듀란이 묻는 이유는, 단순히 우현의 이야기가 어떻게 흐를지 궁금해서였다.

제법 재미난 망상이지 않은가.

"자네가 정말 다른 세상에서 온 것이라면, 왜 굳이 자네가 온 것이지? 그리고 왜 데루가⋯ 데루가 뭐?"

"데루가 마키나."

"그래, 데루가 마키나. 그 괴물이 왜 죽은 자네를 이 세상으로 보낸 것이지? 그럴 이유가 있나?"

"데루가 마키나는 나를 보내면서."

듀란의 시선에 비웃음이 섞인 것을 알았다. 그 뿐만이 아니었다. 우현을 아는 이를 제외한 대다수의 인물들은 여전히 우현의 말을 사실이라고 믿지 않았다.

상관없는 일이다. 어차피 우현으로서는 이 사실을 입증할 만한 확실한 증거를 갖고 있지 않다. 그저 자신이 처한 상황에 대해 풀이할 뿐이다.

"멸망이라는 미래를 알고 있는 한 명의 인간이, 과연 미래를 바꿀 수 있을 것인지 궁금하다는 식으로 말했습니다. 자신은 무척 무료하며, 나를 자극제로 쓰겠다고. 예, 그때의 그 괴물은 그렇게 말했지요."

우현은 피식 웃었다.

"그 괴물은 내가 헌터가 될 것이라고 했습니다. 일

년 전, 그 기억을 떠올린 저는… 지금과는 비교도 할 수 없을 정도로 약한 존재였습니다. 운동도 거의 하지 않았고, 방 안에 틀어박혀 게임만 하던… 그런 사람이었지요. 기억을 떠올리고 나서 나는 나 자신을 바꿨습니다. 운동을 시작했고, 헌터가 될 준비를 했지요. 그리고 나는 얼마 지나지 않아서 헌터가 되었습니다."

"대단하군."

듀란이 이죽거렸다.

"헌터가 되고 나서의 나는 약했습니다. 나는 과거의, 전생의 기억을 가지고 있었고… SS급 헌터의 경험을 가지고 있었지요. 그런 내가 파악하기에 나는 정말 약했습니다. 투기의 양은 쥐꼬리만큼 적었기에, 내가 알고 있는 기술은 사용할 수도 없었습니다. 그래도 뭐, 이제 갓 헌터가 된 이들보다는 상황이 훨씬 나았지요. 초기 등급 심사에서 F급은 받았으니까."

말을 잠시 멈추고, 우현은 주변을 둘러 보았다.

"혹시 몬스터의 사체를 가지고 계신 분 없으십니까?"

그 물음에 시헌이 곧바로 손을 들었다. 그는 꿀꺽 침을 삼키며 우현의 얼굴을 바라보았다.

"사체를 꺼내 줘."

우현이 시헌을 향해 웃으며 말했다. 그 말에 시헌은 굳은 얼굴로 머리를 살짝 끄덕거리더니 사람이 없는 곳에 손을 뻗어 몬스터의 사체를 내려놓았다. 우현은 처음 보는 몬스터였다.

"나는 투기의 양이 너무 적었고."

우현은 등허리에 걸고 있던 블랙 코브라를 뽑았다. 그는 뽑아 쥔 단검을 빙글 돌리며 몬스터의 사체를 내려 보았다.

"그것은 내 발목을 잡았습니다. 결국 나는 미래를 바꿀 수 없다. 내가 아무리 강해진다고 해도, 예전의 실력을 회복하는 것에는 아주 오랜 시간이 걸릴 것이 틀림없었습니다. 그렇다면 결국 변하는 것은 없지요. 내가 예전의 실력을 찾아 봐야, 나는 데루가 마키나에게 죽었으니까."

우현은 몸을 낮춰 몬스터의 가슴에 단검을 내리 찍었다. 푹, 하는 소리와 함께 피가 조금 튀었다. 우현은 묵묵히 몬스터의 가슴을 완전히 갈라냈다. 고동이 멈춘 심장이 보였다. 우현은 그 심장을 가른 뒤에 자신의 손을 칼끝으로 가져갔다. 우현이 무엇을 하나 보기 위해 사람들이 그 주변으로 모였다.

"데루가 마키나가 다시 내 앞에 나타난 것은 그때였습니다."

피 한 방울이 직접 가른 심장의 안으로 떨어졌다.

"그리고 나는 데루가 마키나에게 이 능력을 받았습니다."

이것이 내가 다른 세상에서 왔다는 증거가 될까. 사람들이 놀란 소리를 내는 것을 들었다. 말도 안 된다고, 속임수 아니냐고. 누군가가 중얼거렸다. 우현은 손을 뻗어 작은 마석을 들어 올렸다.

"나는 마석을 만들어낼 수 있습니다."

우현은 마석을 손바닥 위에 올려 놓았다.

"네임드 몬스터 뿐만이 아니라, 마석을 가질 수 없는 일반 몬스터에게서도."

"말도 안 돼!"

듀란이 고함을 질렀다. 그는 성큼거리며 우현의 앞으로 다가왔다. 그는 부릅 뜬 눈으로 우현의 손바닥 위에 올려진 마석을 내려 보았다.

"마, 말도 안 되는 일이야."

듀란이 다시 중얼거렸다. 하지만 그의 눈앞에는 명확한 증거가 있었다.

"그렇다면 다른 몬스터를."

우현은 시헌에게서 시선을 거두고 다른 사람을 바라보았다. 굳은 얼굴을 하고서 카멜롯의 길드 마스터인 안토니가 앞으로 나섰다. 그는 아공간에서 몬스터를 한 마리 꺼냈다. 62번 던전에 등장하는 좀비였다. 안토니는 직접 칼을 뽑아 좀비의 가슴을 갈랐다. 썩은 피가 흘러내리면서 고약한 악취가 감돌았다. 그럼에도 안토니는 표정 하나 바꾸지 않고 좀비의 심장을 검 끝으로 갈라냈다.

"…마석은 없습니다."

안토니가 그렇게 중얼거리며 우현을 힐끗 보았다. 아무래도 확실한 것을 원하는 모양이라, 우현은 별 말없이 머리를 끄덕거리며 손을 높이 들어 올렸다.

또옥, 하고 흘러내린 피가 좀비의 심장으로 떨어졌다. 안토니가 머리를 바짝 숙여 좀비의 심장을 응시했다. 듀란 역시 그 곁에 주저앉아 좀비의 심장 안쪽을 들여보았다. 썩은 피가 부글거리며 끓더니, 투명한 붉은 마석이 생겨났다.

"…어… 어찌 이런 일이…."

듀란이 떨리는 목소리로 중얼거렸다. 일반 몬스터에게서 마석이 생겨났다. 돌연변이인가? 그럴 지도 모른다. 이 좀비는 62번 던전, 유빈투스의 성에서 출몰하는 몬스터다. 상식 외의 괴물들이 날뛰는 그 던전의 몬스터니까, 일반 몬스터라고 해도 마석을 품을 가능성은… 하지만 방금 전까지만 해도 마석은 없었는데?

"못 믿겠다면 다른 몬스터로."

이후로 몇 번이나 다른 몬스터가 바닥에 놓였다. 카멜롯의 길드원도, 나래의 길드원도. 모두가 몬스터를 꺼내 우현의 앞에 내려 놓았다. 우현은 그 모든 몬스터에게서 마석을 뽑아냈다.

"…저는 이 능력으로 강해졌습니다."

우현은 손 안에 가득 찬 마석들을 내려 보면서 중얼거렸다. 그는 마석을 뭉쳐 하나로 모았다. 주먹 하나 정도 크기의 마석이 생겨났다.

"내가 일반 몬스터에게서 뽑아 낼 수 있는 마석은 순도가 가장 높은 레드 스톤입니다. 비록 크기는 작지만 불순물이 섞이지 않았죠. 그리고 그것을 하나로 뭉치면, 일반 몬스터라고 해도 이 정도 크기의 마석을 정제해 낼 수 있습니다. 이 정도 크기의 레드 스톤이 얼마나 많은 힘을 품고 있는지는 여러분도 잘 아실 겁니다."

모두가 말을 잊었다. 조금씩, 그들은 우현의 말을 사실이라고 믿기 시작했다.

"나에게 이 능력을 준 것은 데루가 마키나로, 나는 이 능력 덕분에 빠르게 투기의 양을 불릴 수 있었습니다. 불어난 투기를 다루는 방법은 이미 알고 있었고, 덕분에 예전의 힘을 금세 찾을 수 있었지요."

"…그러고 보니, 우현 씨는 던전에서 길을 찾는 법을 알고 있었죠."

"캠핑은 좋아하지 않습니다. 아버지도 캠핑을 좋아하지도 않았고. 저 혼자서 캠핑 가본 적도 없습니다."

우현은 피식 웃었다.

"거짓말해서 미안합니다."

우현은 박희연을 향해 살짝 머리를 숙였다. 선하와 시헌, 민아는 우현의 말을 듣고서 머릿속의 퍼즐이 맞춰지는 것 같은 기분을 느꼈다. 그들이 내심 느끼면서 무시하고 있던, 우현이라는 존재가 가진 의아함이 풀이되고 있었다.

"지금 여러분한테 이 이야기를 하는 이유는."

우현은 잠시 말을 멈췄다. 모두의 시선이 우현에게 모였다.

"이번 62번 던전, 유빈투스의 성이 여러 가지의 의미로 분기점이 되기 때문입니다. 던전에게, 그리고 헌터에게, 또 인간에게."

우현은 잠시 생각을 정리했다. 그는 한 번 라스 프라다에게 죽임을 당했다. 배가 꿰뚫렸고, 그 이후에 어찌되었는지는 모른다. 정신을 차렸을 때 그는 하얀 공간에 서 있었고, 그곳에서 데루가 마키나를 만났다.

우현은 그 모든 이야기를 담담히 풀이했다. 62번 던전에서 있었던 일. 데루가 마키나와 만난 일. 새로운 능력과, 라스 프라다를 죽이고서 얻은 마석의 이야기. 시크릿 던전과 그곳에서 있었던 이야기.

어쩔 수 없이 발레리아에 대해서도 말해야만 했다. 안토니와 카멜롯의 길드원들이 발레리아를 보았으니까.

"…그래서."

우현의 이야기가 끝났을 때, 모두들 의심은 더 이상 갖지 않았다. 우현의 이야기와 그가 가진 능력이 데루가 마키나라는 초월적인 존재를 인정할 수밖에 없게 만들었기 때문이다. 박광호가 긴장한 얼굴로 말했다.

"앞으로의 던전에서 네임드 몬스터가 더 강력하게 출현한다는 것이군요. 그에 대한 안배로서 우현씨와, 시크릿 던전이 존재하는 것이고."

"데루가 마키나의 말은 그랬습니다."

앞으로의 던전이 얼마나 강할지는 모른다. 분명한 것은, 62번 던전에서 출현했던 라스 프라다와 에르마쉬, 그리고 유빈투스보다 강한 몬스터가 존재한다는 것이다. 그리고 지금의 인간은, 헌터는. 그 몬스터들을 감당할 준비가 되지 않았다.

우현의 존재와 시크릿 던전은 그를 돌파하기 위한

데루가 마키나의 안배였다. 우현 혼자서 강해진다면, 우현 혼자의 힘으로 모든 것을 해야만 한다.

그리고 개인이 할 수 있는 일에는 한계가 있다.

"분기점이라고 했지요."

우현은 한숨을 쉬었다. 많은 생각을 했고, 많은 상황을 생각해 보았다. 하지만 역시 우현 혼자서는 불가능하다. 62번 던전 이전의 던전과 네임드 몬스터라면 인간이 어떻게든 할 수 있겠지만, 분기점 이후의 던전은 이전의 던전과 비교할 수 없이 강력하다.

인간은 준비가 되지 않았고, 이제는 준비해야 한다.

"나는 이 능력을 밝힐 생각은 없었습니다. 나라는 존재에 대해 당신들에게 정의하고 싶은 마음도 없었고. 그렇게 하려 했던 이유는, 이전의 던전은 인간이 극복할 만하다고 생각했기 때문입니다."

그것이 변했다.

"지금의 인간은, 헌터는. 이 위기를 극복할 수 없습니다. 앞으로 한 달이면 유빈투스가 던전에서 사라지고 현실에 나타날 겁니다. 유빈투스는 잡을 수 없을 것이고."

우현의 눈이 가늘어졌다.

"나는 라스 프라다를 쓰러트려 놈의 능력을 얻었습니다. 희망은 있는 겁니다. 네임드 몬스터를 쓰러트리면 이전의 마석과는 다른 특별한 능력이 깃든 마석을 얻게 됩니다. 그것을 흡수한다면, 네임드 몬스터의 능력을 얻을 수 있지요."

그것으로 헌터는 진화한다.

"시크릿 던전의 보스 몬스터는 일반 던전의 네임드 몬스터보다 약하다고 느꼈습니다. 방어벽이 없다는 것만으로도 난이도는 체감 될 정도로 크게 내려가니까요. 하지만 시크릿 던전은 앞으로의 던전마다 하나밖에 존재하지 않고, 얻을 수 있는 마석은 한정되어있지요."

우현은 낮게 헛기침을 했다.

"…에르마쉬에게 마석은 나오지 않았습니다. 라스프라다에게도 마찬가지였지요. 시크릿 던전의 보스였던 라플라시아는 마석을 품고 있었지만, 어찌 되었든 모든 네임드, 보스 몬스터가 마석을 품지 않는다는 것은 확실합니다."

"하지만 우현씨의 능력이라면."

"마석을 뽑아낼 수 있지요."

우현은 모두를 둘러보았다.

"앞으로 한 달. 헌터는 이전보다 더욱 강해져야만 합니다. 유빈투스를 쓰러트릴 수 있을 때까지. 그를 위해 여러분에게 제 능력과 정체를 밝힌 겁니다. 앞으로에 대비하기 위해서이기도 하고."

우현은 뭉친 마석을 테이블 위에 올려놓았다.

"앞으로, 여러분은 최대한 많은 몬스터를 사냥해서 그 사체를 모아주십시오. 그리고 제가 거기서 마석을 뽑아내겠습니다. 이것은 비단 저희에게만 해당되는 이야기는 아닙니다. 협회장님을 직접 이곳에 불러 모은 이유이기도 하고."

우현은 김태완과 듀란을 힐끗 보았다.

"설마 영국 협회 지부장님까지 오는 것은 제 예상 바깥이었지만, 뭐… 문제는 없습니다. 두 분에게 요구하고 싶은 것이 있습니다."

"…뭔가?"

"다른 헌터들이 팔아 넘기는 몬스터의 사체."

우현이 작은 목소리로 말했다. 그 말에 듀란과 김태완의 표정이 굳었다. 둘은 우현이 무엇을 원하는 것인지를 확실히 알았다.

"…확실히, 각 협회 지부는 몬스터의 사체를 상당량 보유하고 있네."

김태완이 입을 열었다. 협회는 무조건적으로 헌터를 통해 몬스터의 사체를 사들인다. 그렇게 사들인 사체를 가공하기 위해 기업에 파는 경우도 있기는 하지만, 모든 몬스터가 장비로 재탄생되는 것은 아니다.

도저히 장비로 가공할 수 없는 몬스터도 있다. 당장 62번 던전에 출현하는 좀비만 봐도, 그것으로 무슨 갑옷이나 무기를 만들 수 있겠는가?

하지만, 그렇다고 해도 협회는 모든 몬스터의 사체를 사들인다. 그렇게 하지 않는다면 하위 헌터가 돈을 벌 수단이 없다. 물론 협회라고 해서 손해를 보는 입장은 아니다. 협회 측은 헌터에게 상당량의 세금과 수수료를 받아내고, 그렇게 협회와 헌터 사이에서 돈이 돌고 돈다.

그렇다면 몬스터의 사체는 어떻게 되는가? 장비로 가공되지 못한 몬스터의 사체는?

"어차피 내버려 둬 봐야 쓸 곳도 없지 않습니까."

티끌 모아 태산이다. 자잘한 몬스터의 사체를 모아 마석을 뽑아내고, 그것을 하나로 모은다면?

"인류를 위한 길입니다."

우현의 말에 김태완은 무거운 한숨을 내쉬었다.

"인류라."

김태완이 작은 목소리로 중얼거렸다. 맞는 말이었다. 당장 한 달 뒤이면 62번 던전에서 유빈투스가 현실에 강림한다. 그 괴물을 막기 위해서 헌터는 진화할 수밖에 없다.

"…알았네. 내 손을 써보지."

"한 가지 묻고 싶은 것이 있는데."

듀란이 입을 열었다. 그는 여전히 혼란스러운 얼굴이었다. 듀란은 우현을 빤히 보면서 떨리는 목소리로 물었다.

"…이 일에 대해서, 모두에게 알릴 생각인가?"

듀란이 걱정하는 것은 다름아닌 그것이었다. 우현이 말한 것들은 너무나 충격적인 사실들이다. 세상이 언젠가 멸망할 지도 모른다는 것. 그것이 일반인들에게 알려진다면 큰 패닉이 올 것이다. 설령 그 멸망이 확실시되지 않았다고 해도, 헌터가 멸망을 막아낼 수 있으리라는 보장은 어디에도 없다.

'게다가 경제가 뒤집어 질 거야.'

현재 세계 경제의 중심은 헌터 시장이라고 해도 과언이 아니다. 그들은 상상할 수 없을 정도로 큰 돈을 벌어들이고, 몬스터의 사체 특히 마석은 엄청난 고가로 거래된다.

그 마석을 양산해 낼 수 있는 능력이 있다?

경제가 뒤집어지는 것은 당연하다. 마석은 가치를 잃게 될 것이다. 그리고 그 타격은 고스란히 협회가 껴안아야 한다.

"…당장은 밝힐 생각은 없습니다."

우현은 이곳에 모인 모두를 바라보았다.

"여러분이 입 단속만 잘 한다면, 이 안에서 있었던 이야기는 누구에게도 퍼져나가지 않을 겁니다. 물론, 여러분에게 무조건적인 침묵을 요구하는 것은 아닙니다."

우현은 테이블 위에 마석을 올려 놓았다.

"나는 여러분에게 마석을 제공할 생각입니다. 여러분이 잡은 몬스터에게서 뽑아낸 마석. 아, 물론. 자원봉사할 생각은 없습니다. 여러분에게 몇 가지를 요구할 것인데, 우선 하나."

우현은 검지 손가락을 들어 입술 위로 가져갔다.

"입을 다무는 것."

그리고 둘.

"여러분이 잡은 몬스터의 일부를 저에게 양도하는 것. 쉽게 말하자면, 마석을 양도 받겠다 이겁니다."

나쁘지 않은 조건이다.

"…그리고, 이건 카멜롯과 나래에게 제안하는 것인데."

모두가 우현을 보았다. 그들은 우현의 입술이 움직이는 것을 보았고, 우현은 그 시선을 조금 즐겼다. 그는 천천히 입을 열었다.

"나래와 카멜롯이 제네시스와 연합하는 것."

우현의 말에 선하는 놀란 얼굴로 우현을 바라보았

다. 우현은 선하에게 시선을 주지 않았다. 그의 시선은 카멜롯의 길드 마스터인 안토니와, 나래의 길드 마스터인 박광호에게 고정되었다. 잠시 턱을 긁적거리던 박광호가 입을 열었다.

"쉬운 조건이군요."

그는 그렇게 말하면서 테이블 위에 올라간 마석을 힐끗 보았다.

"일반 몬스터에게서 마석을 뽑아낼 수 있다는 것. 나래의 인원이 전부 던전에 틀어박혀서 몬스터를 사냥한다면, 하루에 거의 3개 이상의 순도 높은 레드 스톤을 얻을 수 있다는 겁니다. 매일 3개의 레드 스톤이라니, 그것을 얻는 대가로 입을 다물고, 사체의 일부를 양도하고, 길드 연합을 만드는 것. 쉬운 조건이라는 겁니다."

박광호는 말을 멈추고 선하의 얼굴을 힐끗 보았다.

"그리고 나래는 이미 한 달 전부터 제네시스와 연합하고 있었습니다. 상황이 바뀌었다고 해서 연합을 해제할 생각도 없었고. 입은 다물 생각이니 걱정하지 않으셔도 됩니다."

박광호의 말에 우현은 머리를 끄덕거리곤 안토니 쪽을 바라보았다. 테이블 위에 올려진 마석을 보며 꿀꺽 침을 삼키던 안토니는, 우현의 시선에 머리를 돌려 그를 바라보았다.

"…나 역시."

안토니가 무거운 입술을 열었다.

그는 이쪽을 보는 카멜롯의 길드원들을 쓱 둘러보더니 다시 우현을 보았다.

"아니, 카멜롯 역시. 자네의 제안을 받아들이겠네. 이쪽이 손해보는 것은 아무 것도 없으니까."

오히려 지금 상황에서 하지 않겠다 발을 빼는 것이 손해를 보는 것이다. 그것도 아주 큰 손해를. 몬스터에게서 마석을 뽑아낼 수 있다는 것은 전 세계의 헌터들 중에서 우현만이 가지고 있는 능력이다. 그와, 또 그의 길드와 연합을 한다면 안정적으로 마석을 공급받을 수 있다.

'게다가 그는 강해.'

그것도 아주. 그가 없었으면 에르마쉬의 레이드는 실패로 끝났을 것이다. 저 정도로 강한 헌터를 안토니는 알고 있지 않았다. 제네시스라. 안토니는 한쪽에 모여 앉은 선하와 시헌, 민아를 바라보았다. 선하의 실력은 지난번에 보았다. 특별하다는 것을 느끼지는 못했지만 균형이 잘 잡힌 헌터였다. 그리고 시헌과 민아. 안토니의 시선이 팔 하나가 없는 시헌에게 향했다.

'…뭔가 있는 것이겠지.'

저 남자는 헌터의 중심이 될 것이다. 아니, 저 남자 뿐만이 아니라. 저 남자가 속한 길드 역시. 잡아도 될 밧줄인가? 그것을 견주어 볼 필요도 없었다.

'잡지 않는다면 뒤처진다.'

카멜롯은 S급 길드다. 하지만 이번 62번 던전 공략에서 많은 피해를 입었기에, 예전만 못한 것은 사실이다. 그런 위기에서 우현의 제안은 카멜롯에게 있어서 큰 기회였다. 그와 손을 잡아 마석을 안정적으로 제공받고, 길드의 전력을 끌어 올린다. 그리고 후에 유빈투스를 공략하는 것으로 62번 던전 공략의 주역이 된다.

"알겠습니다."

안토니의 대답에 우현은 머리를 끄덕거렸다. 듀란은 여전히 혼란스러운 얼굴이었지만, 지금의 상황에서 우현의 제안을 거절할 수 없다는 것은 잘 알고 있었다.

"그리고 마지막으로 하나 더."

우현은 카멜롯과 나래의 길드원들을 바라보며 말했다.

"유빈투스의 마석은 제가 갖겠습니다."

갑작스러운 말이었다. 그 말에 박광호의 얼굴에 조금 당황이 어렸다.

"유빈투스의 마석을?"

그 물음에 우현은 머리를 끄덕거렸다.

"그것이면 됩니다. 이후에 출현하는 네임드 몬스터의 마석은, 협회의 규정대로 처리하겠습니다. 공적치를 따져 길드에게 분배하던지, 아니면 경매를 붙이던지. 하지만 유빈투스의 마석은 저에게 주십시오."

박광호와 안토니가 시선을 나누었다. 잠시 뒤, 그들은 머리를 끄덕거렸다. 애초에 유빈투스를 잡는 것은 우현의 도움이 없다면 불가능한 일이다.

"알겠네. 그렇게 하도록 하지."

안토니의 대답에 우현은 한 숨 돌리면서 씩 웃었다.

"앞으로 잘 부탁드립니다."

우현은 안토니에게 다가가 손을 뻗었다. 안토니는 머리를 끄덕거리며 커다란 손으로 우현의 손을 맞잡았다. 우현은 박광호에게 다가갔다.

"…사실은, 나래의 길드 마스터 자리를 우현씨에게 양보할까 생각하기도 했습니다."

박광호가 입을 열었다. 그 말에 우현은 피식 웃었다.

"주려고 해도 받지 않았을 겁니다."

"…우석이는 우현씨와 함께 싸우다가 죽었지요."

박광호는 손을 들어 얼굴을 감쌌다.

"제가 대신 죽었어야 했습니다. 우석이 대신."

"희연씨가 보고 있습니다. 그런 말은 하지 마시지요."

우현은 머리를 저었다. 그 말에 박광호는 박희연 쪽을 힐끗 보았다. 그녀도 우울한 기색으로 머리를 푹 숙이고 있었다.

"…그렇군. 해서는 안 될 말을 해 버렸군요."

박광호는 너털웃음을 흘렸다. 그는 손을 뻗어 우현의 손을 꽉 잡았다.

"앞으로 잘 부탁합니다."

"저 역시."

생각대로 되었다. 우현은 박광호의 손을 놓으며 생각했다. 도박이라는 심정으로 정체를 밝혔다. 자신의 능력에 대해 알렸다. 손을 뻗을 수밖에 없는 먹이를 던졌고, 저들은 그를 잡아 주었다.

'앞으로 한 달.'

한 달 동안 연합의 전력을 최대한 강화한다. 이 정도 인원, 그리고 협회장들이 몬스터를 제공해준다면 엄청나게 많은 마석을 얻을 수 있다. 못해도 연합 소속의 헌터들이 하나 이상의 마석을 얻을 수 있을 정도다.

마석은 힘의 결정체다. 그를 흡수한다면 투기의 양을 크게 불릴 수 있다. 그 투기를 어찌 사용 하는가 까지는 우현이 참견할 수 없다.

"시헌이랑 선하."

우현이 입을 열었다. 그들은 판데모니엄을 나왔고, 함께 사는 저택의 거실로 돌아왔다. 우현은 낮게 헛기침을 하고서는 시헌과 선하를 바라보았다.

"지금 나는 두 개의 마석을 가지고 있어."

에르마쉬의 마석과, 라플라시아의 마석.

"62번 던전의 네임드 몬스터인 에르마쉬와, 시크릿 던전의 보스인 라플라시아의 마석이야. 나는 이 마석을 너희에게 줄 생각이고."

우현은 말을 멈추고 민아 쪽을 바라보았다.

"민아에게는 유빈투스의 마석을 줄 거야. 마석이 품은 능력이 정확히 뭔지는 모르지만, 겪어 본 바로는… 이 두 개의 마석은 민아 너보다는 시헌이랑 선하에게 어울린다고 판단했어."

"전 괜찮아요."

소파에 털썩 앉은 민아가 다리를 까닥거리면서 헤헤 웃었다.

"그보다 오빠, 우리한테까지 정체를 안 밝힌 것은 너무하잖아요. 조금 삐져버릴까."

"미안해. 쉽게 말할 문제는 아니었으니까."

"농담이에요, 농담."

민아는 별로 기분이 상한 것 같지는 않았다. 우현은 그런 민아의 반응에 안심하면서 시헌과 선하를 돌아보았다. 그는 아공간에서 라플라시아와 에르마쉬의 마석을 꺼냈다.

"이 마석은 에르마쉬의 마석이야."

우현은 붉게 빛나는 마석 중 하나를 들어 시헌에게 건넸다.

"무슨 능력인지는 대강은 알 것 같아. 에르마쉬가 가진 능력은 폭발이었어. 검이 휘둘러지고, 그 궤적이 끝났을 때 폭발했지."

시헌의 무기는 펄션이다. 그는 한 손이 없고, 펄션은 내리 찍는 것에 특화된 무기다. 다양한 동작은 쓸 수 없다. 변칙과 기교보다는 우직한 일격이 한 팔을 잃은 시헌에게 잘 맞을 것이라 생각했고, 그 일격은 폭발이 더해졌을 때 더욱 무거워진다.

"너에게는 잘 맞는 능력이라고 생각해."

시헌은 굳은 얼굴로 머리를 끄덕거렸다. 그는 손을 뻗어 우현에게서 마석을 건네 받았다.

"…폭발이라."

시헌은 입맛을 다시며 우현을 바라보았다.

"괜히 제가 휘말리는 것은 아니겠죠? 가뜩이나 팔 하나도 없는데, 화상까지 생기면 너무 보기 흉하잖아요."

"컨트롤은 네 몫이야."

우현은 진지한 얼굴로 대답했다.

"앞으로 한 달. 너는 그 능력을 완전히 네 것으로 만들어야 돼."

우현은 거기까지 말하고서 선하를 바라보았다.

"이 마석에 깃든 능력은 뭐야?"

선하가 물었다. 그 물음에 우현은 잠시 머뭇거리다가 어깨를 으쓱거렸다.

"그건 몰라."

우현의 말에 선하가 머리를 갸웃거렸다.

"…모른다고?"

"응. 어쩌면 촉수일지도 모르고… 어쩌면 독일지도 모르겠는데."

에르마쉬의 경우에는 능력이 노골적이었지만, 라플라시아는 그렇지 않았다. 그 괴물은 촉수도 사용했고 독도 사용했으니까. 촉수를 놈의 신체 일부라고 생각한다면 깃든 능력은 역시 독일까.

"그런데 왜 오빠가 마석을 독식하지 않는 거예요?"

민아가 머리를 갸웃거리며 물었다. 그 물음에 우현

은 어깨를 으쓱거렸다.

"나는 따로 얻은 능력이 있으니까. 당장은 이 능력을 완전히 익히는 것으로도 시간이 부족해. 그리고, 나 혼자 강해진다고 해서 일이 해결되는 것도 아니고."

우현은 시간을 확인했다. 오후 5시가 넘고 있었다.

"일단 여기서 마석을 흡수했다가는 능력이 폭주할지도 모르니까, 던전으로 들어가서 해 보자."

"폭주?"

선하가 의아하다는 얼굴로 물었다.

"내 경우에는 안개의 능력을 얻었을 때, 내 의식도 없이 안개가 밖으로 뛰쳐나왔어. 너희의 경우에도 그렇게 될 지도 몰라. 만약 거실에서 폭발이 일어나거나… 독이 뿜어지거나… 그렇게 되면 난감하잖아. 그러니 던전으로 가자."

적당한 던전을 골랐다. 너무 위험하지 않은 곳이 나을 것 같았기에, 35번 던전으로 들어갔다. 입구에서 조금 걸어서 숲 속으로 들어갔다. 우현은 주변을 살펴 다른 헌터가 있는가 없는가를 확인했다. 다행히도 주변에 사람은 없었다.

"그럼, 제가 먼저 할까요?"

시헌이 마석을 들어 올리며 물었다. 우현은 머리를 끄덕거리며 선하와 민아를 힐끗 보았다. 셋은 시헌과 적당히 거리를 두었다.

"…어우, 그렇게 떨어지니까 진짜 위험해 보이네."

시헌은 그렇게 너스레를 떨면서 꿀꺽 침을 삼켰다. 그는 손 안에 쥐인 마석을 보면서 천천히 호흡을 조절했다.

손에 쥐고 있던 마석이 사라졌다. 시헌의 몸이 크게 들썩거렸다. 거대한 힘이 시헌의 몸 안으로 밀려들어왔다. 비틀거리던 시헌은 뒤로 물러서면서 입을 틀어막았다. 역겨운 기분이 들었다. 속이 뒤집히는 것 같았다.

"…욱…."

시헌은 그 자리에 주저앉아 손으로 땅을 짚었다. 그 순간이었다.

콰앙!

터진 폭발에 흙을 치솟게 했다.

"시헌아!"

우현은 기겁하여 그쪽으로 달려갔다.

"괘, 괜찮아요!"

뭉게뭉게 오른 흙먼지 뒤편에서 시헌의 목소리가 들렸다. 그는 비틀거리며 일어서더니 자신의 손을 내려 보았다. 폭발을 정면에서 받았음에도 시헌은 상처 하나 없는 모습이었다.

"…뭔지 알겠다."

시헌이 중얼거렸다. 발현된 능력은 한 번 사용하는 것으로 무엇인지 확실히 알 수 있었다. 폭발. 원하는 순간, 자신의 손 혹은, 검이 닿는 곳에. 투기가 닿는 곳에 폭발을 일으킨다. 그리고 시헌 본인은 그 폭발에 어떠한 데미지도 입지 않는다.

"괘, 괜찮아?"

슬며시 다가 온 민아가 물었다. 시헌은 대답하지 않고 허리에 꽂아 두었던 펄션을 뽑았다. 그는 의식을 집중하여 펄션의 검신을 투기로 감쌌다. 그리고 주변을 둘러 보더니, 적당한 크기의 나무로 다가갔다.

"…아마 괜찮은 것 같은데."

시헌은 그렇게 중얼거리면서 펄션을 크게 휘둘렀다.

콰앙!

검날이 닿는 순간, 폭발이 일어났다.

"봐요."

시헌은 어색하게 웃으면서 뒤를 돌아보았다.

"괜찮죠?"

우현은 시선을 돌려 부러진 나무를 보았다. 검이 닿았던 밑동이 아예 박살나있었고, 검은 그을음이 주변에 흩어져 있었다.

"폭발의 위력은 조절할 수 있는 거야?"

우현의 물음에 시헌은 머리를 끄덕거렸다.

"투기를 조절하는 것이랑 똑같아요. 솔직히, 지금은 어색해서 잘 안 되지만…."

"그렇다면 앞으로 그것에 익숙해지는 것에 주력하도록 해. 당장 네 폭발은 실전에서 써먹을 수 없어. 같은 편이 폭발에 휘말리면 골치 아프다고."

우현의 말에 시헌은 머리를 끄덕거렸다. 순간, 그는 머리를 갸웃거렸다.

"그런데, 형. 한 달이라고 했죠?"

"응."

우현의 대답에 시헌은 민아를 힐끗 보았다.

"한 달 뒤에 왜요?"

그 물음에 우현은 어이가 없다는 얼굴로 시헌을 바라보았다.

"유빈투스의 카운트가 한 달 남았으니까."

"…저희도 가는 거에요?"

"당연하지."

우현이 머리를 끄덕거리며 말했다. 그 말에 시헌의 입술이 멍하니 벌어졌다.

"저랑 시헌이가 간다고요?"

민아도 놀란 목소리로 물었다. 선하도 직접적인 말
은 하지 않았지만 적잖이 놀란 눈치였다.

　"당장 전력으로 써먹기 위해서 마석을 먹인 거야.
민아에게는 네임드 몬스터의 마석을 줄 수 없었지
만… 그래도, 한 달 동안 거둬들이는 마석을 흡수한다
면 충분히 최전선에서 싸울 수 있어."

　"하지만 시헌이랑 민아는 경험이…."

　"경험은 쌓으면 돼."

　우현은 머리를 흔들었다.

　"62번 던전의 공략은 제네시스에게도 기회야. 제
네시스의 전 길드원이 나서서 공격대에 참가하고, 유
빈투스를 쓰러트려 던전을 공략한다면 큰 공적을 얻
을 수 있어."

　물론 민아와 시헌을 최전선으로 데리고 가기에는
위험할 지도 모른다. 하지만 그렇다고 해서 둘을 언제
까지고 뒤에 빼둘 수는 없다.

　"다음은 네 차례야."

　우현이 선하를 바라보았다. 선하는 천천히 머리를
끄덕거리며 손에 쥔 마석을 바라보았다. 독인지, 아
니면 촉수인지. 어떤 능력이 깃들어있는지 알 수 없는
라플라시아의 마석. 선하는 묵묵히 발을 뻗었다. 적
당히 거리가 떨어지자, 선하는 손에 쥔 마석을 내려

보았다.

"하나 묻고 싶은 것이 있어."

선하의 시선이 위로 올라갔다. 그녀는 우현을 빤히 보았다.

"그, 서커스의 단장이 말했었지. 세르게이가 말이야. 너와 그의 여동생이⋯ 시크릿 던전에서 한 달 동안 갇혀 있었다고."

발레리아의 얼굴이 스쳤다. 우형는 갑자기 선하가 그 얘기를 왜 묻는 것인가 싶어 머리를 갸웃거렸다.

"⋯어? 응."

"한 달은 긴 시간이야."

선하의 목소리가 조금 떨렸다. 시헌과 민아가 시선을 나누었다. 시헌이 낮게 헛기침을 뱉었고, 민아가 소리죽여 웃었다. 그녀는 슬그머니 발을 뒤로 빼면서 시헌의 옆구리를 쿡 찔렀다.

"눈치 없기는."

민아의 중얼거림에 시헌이 입술을 삐죽거렸다.

"눈치 있어서 좋으시겠네."

그는 그렇게 투덜거리며 슬쩍 뒤로 물러섰다.

"⋯갑자기 무슨 말이야?"

"물어보는 거야."

조금, 가슴이 두근거리고 있었다. 선하는 손에 쥔

마석을 꽉 잡았다. 한 달.

우현이 죽은 줄 알고 있었다. 그, 두꺼운 문의 너머에서 죽었을 것이라고 생각했다. 간신히 부상자를 옮기고 다시 그 저택의 앞에 도착했을 때, 저택의 문 안쪽에는 아무도 없었다.

그리고 하루, 이틀, 사흘. 우현은 돌아오지 않았다. 그제 서야 선하는 울음을 터트렸다. 그가 죽어버렸다고 생각했다. 왜 우는 것인지 스스로도 잘 알 수 없었지만,

그냥 울었다.

"한 달 동안, 그 여자랑 무슨 일이 있었어?"

묻는 말에 우현은 내심 난감함을 느꼈다. 거리가 조금 있기는 했지만, 그는 선하의 몸이 떨리고 있는 것을 보았다.

왜?

'모를 리가 없지.'

우현은 한숨을 쉬면서 손으로 얼굴을 감쌌다. 눈치가 없는 성격은 아니다. 선하가 왜 저것을 묻는지, 왜 그녀의 몸이 떨리고 있는지. 모르는 것은 아니었다. 다만 여태까지는 알고서도 무시했을 뿐이다.

해야 할 일이 많았으니까.

"…아무 일도 없었어."

우현은 솔직하게 말했다. 라플라시아가 출현하기 직전, 서로 사이에 미묘한 공기가 흘렀던 것은 사실이지만, 그렇다고 해서 특별한 일이 있었던 것은 아니다.

"…정말이야?"

선하가 되물었다. 그녀는 슬며시 머리를 들어 우현을 바라보았다. 괜히 민망한 기분이 되어서, 우현은 시선을 옆으로 돌리고 낮게 헛기침을 했다.

"응. 아무 일도 없었어."

그 말에 선하는 마음이 편해지는 것을 느꼈다. 어제, 세르게이와 우현의 대화를 듣고 나서 조금 공허해졌던 마음이 다시 채워지는 기분이었다. 선하는 간신히 웃었다.

"응."

선하는 후련한 기분을 느끼며 손에 잡힌 마석을 의식했다. 거대한 마석이 그녀의 손 안에서 녹아 사라졌다. 의식이 몽롱해지는 것과, 역한 기분. 속이 뒤집히는 감각. 선하의 몸이 비틀거렸고, 우현은 조금 더 뒤로 물러섰다.

자아, 촉수냐, 아니면 독이냐. 어느 쪽이던 좋다. 선하의 포지션은 탱커가 아닌 딜러다. 그녀에게 라플라시아의 마석을 건넨 것은 그녀의 포지션에 그 능력이 잘 맞는다고 생각했기 때문이다.

화아악!

검은 연기가 솟구쳤다. 우현은 흠칫 놀라 조금 더 뒤로 물러섰다.

"…독."

독이다. 선하의 몸에서 솟구친 독이 바닥을 시커멓게 물들이기 시작했다. 이윽고 검게 변한 풀들이 그 자리에서 녹아내렸다. 선하는 비틀거리다가 그 자리에 주저앉았다. 그녀는 손으로 입을 틀어막고 거친 숨을 토해냈다.

"…욱…."

토할 것 같아. 선하는 심한 울렁거림을 느끼며 주변을 돌아보았다. 검게 변한 땅이 보였다. 선하는 꿀꺽 침을 삼키면서 몸을 일으켰다. 땅에 퍼져 있던 독이 순식간에 사라졌다.

'자기 자신은 영향을 받지 않는 모양이야.'

시헌의 경우에도 그랬다. 폭발은 땅을 파헤쳤지만 시헌은 아무런 충격도 입지 않았다. 선하도 같다. 주변을 녹여버릴 정도의 강한 독이지만 그녀는 아무런 영향을 받지 않았다.

독이 거둬지고 나서, 우현은 시헌과 선하를 불러들여 얻은 능력에 대해 점검했다. 시헌이 얻은 능력은 폭발이다. 그것은 시헌의 몸, 혹은 시헌의 투기가 닿는 곳에 폭발을 일으킨다. 투기를 검에 집중시켜 검을 휘두른다면 폭발을 일으킬 수 있는 것이다.

선하가 얻은 것은 강력한 독이었다. 그것은 닿는 모든 것을 녹여버린다. 그 역시 투기로 사용할 수 있는 것은 같았다. 투기로 검을 감싼 체 검을 휘두른다면 강력한 독이 검을 뒤덮는다.

'내 안개와 같아.'

능력의 사용은 투기를 발현시키는 것. 그리고 의식하는 것. 그러고 보면, 에르마쉬나 라스 프라다도 방어벽을 잃고 나서는 능력을 사용하지 못했다. 그렇다는 것은 그들 역시 투기, 혹은 그 외의 특별한 에너지를 지니고 있다는 뜻일까. 그것이 결정된 것이 마석일 테고.

"…몬스터와 헌터는 닮았어."

우현이 중얼거렸다. 그 말에 민아가 머리를 들어 우현을 바라보았다.

"무슨 말이에요?"

"투기 말이야. 놈들의 방어벽은 놈들이 가진 투기, 어쩌면 다른 에너지의 발현이겠지. 능력 역시 그래. 실제로 우리도 투기를 써서 능력을 사용하고 있잖아."

창조주.

데루가 마키나.

'밝혀지지 않은 것이 너무 많아.'

우현은 으득 이를 갈았다. 떠올리고 싶지 않은 최악의 상황을 떠올린다. 만약 마지막 던전의 문을 연다면? 그곳에 숨어 있다는 창조주라는 녀석을 만나게 된다면?

데루가 마키나는 우현으로 하여금 그 창조주를 죽여달라고 했다.

그 뒤에는 어떻게 되는 것일까. 판데모니엄은? 헌터는? 몬스터는? 데루가 마키나는? 우현은 얼굴으로 손으로 감쌌다. 모두가 그런 우현을 보고 아무런 말도 하지 않았다.

"…나중의 일이야."

우현이 중얼거렸다. 그는 얼굴을 감싸고 있던 손을 아래로 내렸다.

"…지금 당장 해야 할 일이 있어. 그러니 그것에 집중해야지."

우현은 몸을 일으켰다.

"한 달 동안 던전을 떠돌거야."

그는 주저앉은 시헌과 민아, 선하를 내려 보며 말했다.

"카멜롯과 나래, 그리고 협회에게 몬스터의 사체를

양도받기로 하기는 했지만, 받아 먹는 것으로는 부족해. 당장 너희에게 필요한 것은 더 많은 경험이야."

우현은 시헌과 민아를 내려 보았다.

"여태까지 마석을 제법 먹기는 했으니, 너희가 가진 투기의 양은 B급 헌터 이상은 될 거야. 하지만 그것으로는 택도 없어. 투기의 양은 마석으로 불린다. 그리고 부족한 경험은 그만큼의 실전으로 채울거고."

우현의 눈이 선하에게 향했다.

"그건 너도 마찬가지야. 특히 시헌이랑 너. 새로운 능력을 얻었으니 그것에 완전히 익숙해 져야 해. 너희 둘의 능력은 잘 쓴다면 몬스터에게 치명적이지만, 조절에 실패한다면 같은 헌터를 쉽게 죽일 수도 있는 능력이니까."

그리고 그것은 우현에게도 똑같이 적용된다. 가까운 거리에서 시헌의 폭발에, 혹은 선하의 독에 노출된다면?

'내 안개도 똑같아.'

한 달 동안 라플라시아의 밀림에서 제법 익숙해지기는 했지만, 능력이라는 것은 어떻게 응용하느냐에 따라 위력이 천차만별로 달라진다. 안개는 투기가 형상화된 것으로 물리력을 갖고 있다. 형태를 마음대로 바꿔 공격하는 것도 가능하다.

'방패로 쓰는 것도 가능할 지도 몰라.'

방패를 사용하지 않으니 안개를 방어로 돌린다면? 시도해볼 필요는 있다. 우현은 발을 뻗었다.

"일단 던전을 나가자. 내일부터는 다시 던전에서 살게 될 거야. 난이도가 높은 던전일수록 좋으니, 55번부터 시작하는 것이 나겠군."

"…으엑."

민아가 싫은 소리를 냈다. 한 달 동안 시헌과 민아는 함께 파티 사냥을 하면서 던전을 떠돌았지만, 둘이 갔던 가장 높은 던전은 40번이었다. 거기서 던전 넘버를 15나 더 올리니 긴장할 수밖에 없는 것이다.

"너희 둘만 보내는 것은 아니니 안심해."

우현은 민아를 돌아보며 말했다.

"네 명이서 갈 거야. 사냥은 일반 몬스터 위주지만 네임드 몬스터를 마주친다면 그것 역시 사냥할 것이고."

"그 전에 오빠는 집에 한 번 가는 것이 어때요?"

민아가 물었다. 그 물음에 우현은 멈칫하여 민아를 바라보았다. 그러고 보니 전화 한 통 했을 뿐 제대로 집으로 돌아가지도 못했다. 우현은 한숨을 쉬면서 머리를 끄덕거렸다.

"…안 그래도 그럴 생각이었어. 던전 나가고서 너

희는 집으로 돌아가. 난 오늘은 내 집에 돌아가서 잘
테니까."

"다른 세계에서 왔다고는 해도, 오빠는… 그러니
까. 원래는 우현이잖아요. 그렇죠?"

민아가 웃으며 말했다.

"그러니 가족도 소중하게 생각해야죠. 너무… 무거
운 것만 생각하지 말고."

아니야. 우현은 어떻게든 웃어 보이며 몸을 돌렸
다. 발이 무겁게 느껴졌다. 그는 우현이 아니다. 우현
에게 깃든, 호정일 뿐이다. 의식이 뒤섞였다고 해도
진짜 정우현이 자신이라는 생각은 조금도 없다.

결국 거짓말을 하고 있을 뿐이다. 가족에게도, 그
리고 모두에게도.

"…그렇지."

우현은 힘겨운 목소리로 대답했다.

아직은 익숙한 골목을 걸었다. 까만 밤이었고, 가
로등의 빛이 주황색으로 깜박거린다. 기억 속에 있는
슈퍼를 지났다. 어렸을 적, 저 슈퍼를 드나들면서 동
전으로 과자나 아이스크림을 사먹는 것이 우현의 즐
거움이었다.

우현의 기억 속에서는 그랬다.

우현은 빌라를 올려 보았다. 높지 않다. 4층 짜리

고, 엘리베이터도 없다. 낡은 집은 아니다. 외관도 깔끔하고, 거주 공간에도 하자는 없다. 온수도 잘 나온다. 살기에 아무런 문제도 없다.

하지만, 그래도. 우현은 저 집이 마음에 들지 않았다. 가족을, 어머니를, 여동생을. 더 좋은 집에 살게 해주고 싶다는 생각은 언제나 갖고 있었다. 매달 우현은 어머니의 통장으로 많은 돈을 보냈다. 스스로 가지고 있어도 그다지 쓰지 않는 돈이기 때문에. 어머니가 아버지 없이 혼자 자식을 키우느라 고생하신 것을 알기에.

비록 자신의 친 어머니가 아니라고 해도.

계단을 올랐다. 현관문 앞에 서서, 비밀번호를 눌렀다. 번호는 이 집을 떠나기 전과 똑같았다. 철컥하고 문의 잠금이 풀렸다. 문고리를 돌리던 중에, 우현은 뒤늦게 생각했다.

노크할 것을 그랬어.

집에 가겠다고 말은 전해 두었지만, 그래도 여자만 사는 집이다. 갑자기 문을 열어 어머니나 현주가 놀라지 않았을까. 뒤늦은 걱정이었다. 문은 이미 열렸고, 우현은 그 안으로 발을 뻗었다.

현관문을 지났을 때, 우현이 가장 먼저 느낀 것은 음식 냄새였다. 그리고 그 다음은,

"오빠!"

커다란 목소리와 함께 현주가 우현의 품 안으로 뛰어 들어왔다. 갑작스레 날아 온 현주의 체중에 우현의 몸이 작게 휘청거렸다. 우현은 자신의 가슴에 얼굴을 묻고 손으로 옷깃을 붙잡은 현주를 내려 보았다.

"왔니?"

그리고 어머니의 목소리가 들렸다. 우현은 뻣뻣한 목을 움직여 머리를 들었다. 앞치마를 두른 모습으로 어머니가 이쪽을 보고 있었다. 당장이라도 울 것 같은 얼굴로 미소짓고 있는 어머니를 보면서, 우현은 간신히 입술을 열었다.

"…네."

현주에게 들었다. 행방불명으로 처리는 되었지만 사실상 사망이었기에, 장례식은 치렀노라고. 던전 안에서 실종되는 헌터는 많고, 그들 중에서 돌아오는 이는 드물다. 던전 내 실종은 대부분이 헌터의 죽음을 뜻한다.

많이 우셨다고, 그렇게 들었다.

"…걱정 끼쳐드려 죄송합니다."

우현은 머리를 꾸벅 숙이며 말했다. 그 말에 어머니는 머리를 흔들었다.

"아냐, 괜찮아. 들어오렴. 밥 아직 안 먹었지?"

그 말에 우현은 머리를 끄덕거렸다. 그러고 보니

점심부터 쭉 아무 것도 먹지 않았다. 판데모니엄 내의
협회 건물에서 만남을 가졌고, 그 뒤에는 곧바로 던전
에 들어갔으니까.

"…너도 그만 울어."

우현은 현주의 등을 손으로 토닥여주며 말했다.
그 말에 현주는 코를 훌쩍거리며 얼굴을 들었다. 예
쁜 얼굴이 코가 빨갛게 부어 우스워 보였다. 우현은
피식 웃으면서 현주의 눈에 흐르는 눈물을 닦아주었
다.

"들어가자."

현주가 쿵, 하고 코를 마시며 머리를 끄덕거렸다.
그녀는 코를 손으로 부비면서 몸을 돌렸다. 우현은 신
발을 벗고 거실로 들어와 식탁 앞에 앉았다.

"…잘 먹겠습니다."

식탁에는 그리운 음식들이 가득했다.

"오빠 온다고 해서 엄마가 부랴부랴 준비했어."

현주가 밥을 잔뜩 푼 밥공기를 우현의 앞에 내려
놓으며 말했다. 우현은 가슴이 조금 먹먹해지는 것을
느꼈다.

식사를 하면서, 우현은 한 달 동안 있었던 일에 대
해 말했다. 던전 안에 갇혔다는 것을 어머니와 현주는
잘 이해하지 못하는 눈치였지만, 우현은 둘이 최대한

이해할 수 있도록 풀이해 주었다.

"고생했어."

우현의 이야기가 끝났을 때, 어머니가 그렇게 말했다. 그 말에 우현은 시선을 내리 깔면서 다시 말했다.

"걱정끼쳐드려 죄송합니다."

"네가 미안할 것이 뭐 있니? 들어보니 어쩔 수 없는 일인데… 돌아왔으니 다행이다. 난 또, 멀쩡한 아들을 잃는 줄 알고…."

어머니의 눈에 눈물이 차오르는 것을 보고 우현은 머리를 푹 숙였다. 동시에, 그는 어떠한 배덕감을 느꼈다.

따지고 보면 나는 저 분의 아들이 아니지 않은가.

그럼에도 이렇게 아들 대접을 받아도 되는 것일까.

식탁의 분위기가 우울해지자, 현주가 어떻게든 대화의 방향을 돌리기 위해 열심히 이야기를 시작했다. 현주는 수능 시험을 치루었지만, 사실 수시로 이미 대학교에 합격했다는 이야기였다. 애당초 현주는 성적이 좋았다. 다니는 고등학교도 내신 등급이 높은 학교였기에, 서울에 있는 대학교에 큰 어려움 없이 합격했다.

"자취하고 싶어."

현주가 대뜸 말했다. 그 말에 어머니의 표정이 돌

변했다.

"멀지도 않은데 뭐하러 자취를 해? 여자애 혼자 나가 살면 얼마나 위험한지 몰라?"

"그래도 자취하고 싶단 말이야. 오빠, 오빠가 엄마 좀 설득해 봐."

현주가 우현의 팔에 매달리며 애교를 부렸다. 그 말에 우현은 쓰게 웃으며 현주를 내려 보았다.

"미안하지만, 나도 어머니 의견에 찬성이야. 지하철 타면 되잖아."

"으으… 오빠가 출근 시간대 지하철이 얼마나 지옥 같은지 알기나 해? 사람들 부대끼고 땀냄새 입냄새… 진짜 싫어."

"그러면 면허를 따. 차 사줄테니까."

우현의 말에 현주의 입이 헤− 벌어졌다.

"차, 차?"

"응. 어차피 면허 딸 수 있잖아. 수시도 붙었으니 방학하면 면허학원이나 다녀."

"진짜 차 사 줄 거야?"

"응. 너무 과한 것 말고, 네가 타고 다닐 만한 것이면 사줄게. 일단 면허부터 따고 난 다음 이야기지만."

생각해 보니 차를 사야하는 것은 오히려 내 쪽인

가. 그간 모은 돈은 거의 쓰지도 않았기에, 우현의 계좌에는 상당한 돈이 모여 있었다. 어지간한 외제차 몇 대는 그 자리에서 결제할 수 있을 정도다.

'차가 필요하다고 느낀 적은 없는데.'

던전만 오가는 생활을 하는지라 차가 필요한 적은 없었다. 가끔 쇼핑이나 외출을 할 때에는 택시를 타거나 선하의 차를 빌려 탔다. 그래도 한 대 정도는 있는 편이 나을까.

"진짜… 헌터가 돈을 많이 벌기는 많이 버나 봐."

현주가 혀를 내두르며 머리를 저었다.

"우리 오빠가 이렇게 될 것이라고는 누가 알았겠어? 옛날에 방에 처박혀서 게임만 하고 그럴 때. 난 진짜, 우리 오빠지만 대체 왜 저러고 살까… 이런 생각 했거든."

현주가 킥킥거리면서 다리를 까닥거렸다.

"기억 나? 몇 달 전에, 그러니까 오빠 헌터 되기 전. 대뜸 게임 아이디랑 팔아버리더니 운동하겠다고 한창 열심히 운동 다니고 그랬잖아. 나 그때, 솔직히, 오빠가…."

현주는 손가락을 들어 관자놀이 쪽으로 가져가더니, 빙글 돌렸다.

"게임 너무 많이 해서 정신이 좀 이상해진 줄 알았

어. 죽을 때 되면 사람이 변한다더니, 그런거 아닐까… 그 생각도 했다구. 우리 엄마도 그랬다니까?"

흠, 흠. 어머니가 낮게 헛기침을 했다.

"갑자기 오빠가 엄마보고 어머니, 이러고, 존댓말 쓰고. 우울증인가? 자살 징조? 그런 생각 했는데… 그 뒤에는 갑자기 헌터가 되어버리고. 왠지 내가 아는 오빠가 아니게 된 것 같았어."

현주의 말에 우현의 가슴은 내심 차갑게 식었다.

"…그런 얘기 하지 마."

우현은 한숨을 쉬면서 숟가락을 내려 놓았다. 현주는 우현의 굳은 얼굴을 보면서 머리를 갸웃거렸다.

"…오빠? 내가 이런 이야기 해서 삐졌어?"

"아니, 쪽팔려서 그래."

우현은 그렇게 말하며 의자를 뒤로 빼고 몸을 일으켰다.

"나도 그때 내가 왜 그랬는지 모르겠어. 아니, 여태까지 왜 이렇게 살았는지 모르겠다는 말이 맞겠지."

잘 먹었습니다. 우현은 자신의 식기를 개수대에 가져다 놓았다. 설거지를 하려고 물을 키자, 등 뒤에서 목소리가 들렸다.

"내버려 둬. 엄마가 할 테니까."

"…네."

"진짜 사람이 달라졌다니깐. 예전에는 라면 냄비 설거지하라고 내가 닦달해도 들은 척도 안 하더니."

현주가 깔깔 웃었다. 우현은 개수대에서 손을 씻고 작게 한숨을 내쉬었다.

"오늘은 자고 가겠습니다."

우현은 그렇게 말하며 자신의 방으로 돌아왔다.

불이 꺼진 방은 이 집을 떠나기 전과 조금도 변하지 않았다. 가구의 배치도, 물건도, 모두가 그대로다. 우현은 불을 키고 천천히 책장 쪽으로 다가갔다.

그는 졸업앨범을 찾았다. 초등학교, 중학교, 고등학교. 그는 기억을 더듬어 자신의 사진이 실린 페이지를 찾아 앨범을 넘겼다. 고등학교 졸업앨범에 실린 정우현의 모습은, 지금의 우현이라고는 생각할 수 없을 정도로 왜소했고 음침해 보였다.

"…나는."

우현은 그 사진을 노려 보다가 양 손을 들어 얼굴을 감쌌다. 저때의 기억은 있다. 정우현의 모든 기억은 그의 머릿속에 있다. 하지만 그와 동시에 호정의 기억도 가지고 있다.

그렇다면 나는 대체 누구지.

나는 현주의 오빠인가? 어머니의 아들인가?

나는 정말로, 정우현인가?

"빌어먹을."

꽉 다문 입술 사이로 욕설이 흘러나왔다.

◎

한 달 후, 62번 던전의 게이트 앞.

"제네시스, 네 명. 길드원 전부 다 왔습니다.

"나래 스물둘."

"카멜롯 스물아홉."

인원을 점검했다. 앞으로 이틀 후면 유빈투스의 카운트가 끝난다. 카운트가 0이 된 유빈투스는 던전에서 사라지고 현실의 어딘가에 나타난다.

그것을 막기 위해, 제네시스와 나래, 카멜롯의 길드 연합이 모였다. 도합 쉰여섯의 대형 공격대. 참가한 헌터의 등급도 굉장히 높다. 카멜롯의 길드 마스터인 SSS급 헌터인 안토니, 나래의 길드 마스터인 SS급 헌터 박광호. 그 외에 카멜롯 측은 SS급 헌터 둘에 S급 헌터가 넷이었고, 나래에는 S급 헌터가 박광호를 포함해서 둘이었다.

SSS급 헌터 하나.

SS급 헌터 둘.

S급 헌터 여섯.

그 나머지는 시헌과 민아를 제외하면 모두가 A급 헌터다. 하지만 그들은, 아니, 공격대에 속한 모든 헌터가 단순한 A급 헌터인 것이 아니다.

우현은 이 한 달 동안 연합 길드와 협회 측에서 제공하는 몬스터에게서 모조리 마석을 뽑아냈다. 그렇게 뽑아낸 마석을 길드에 다시 분배하고, 자신의 몫으로도 마석을 챙겼다. 그렇게 이곳에 모인 모든 헌터가 몇 개나 되는 마석을 흡수했다. 이미 지닌 투기의 양으로는 S급 헌터를 아득히 상회한다.

"세시간 전에 화랑과 럭키 카운터, 볼프의 연합 공격대가 던전에 입장했다고 합니다."

박광호가 말했다. 그 말에 우현은 놀란 얼굴로 박광호를 돌아보았다.

"볼프가? 볼프는 러시아의 S급 길드가 아닙니까?"

"럭키 카운터 측에서 연합을 요청했고, 볼프는 거부하지 않은 모양입니다. 원래 볼프는 공략파가 아닌 사냥파 길드였는데…."

볼프가 화랑과 합류한 것은 예상외다. 우현은 선하 쪽을 힐끗 보았다. 박광호의 말대로라면 저 던전 안에 김상규의 화랑과, 럭키 카운터가 있다는 말이다.

하지만 선하는 아무런 말도 하지 않았고, 조금도 떨지 않았다. 오히려 그녀는 싸늘하게 식은 얼굴로 주먹을 꽉 쥐었다. '변했어.' 우현은 그런 선하의 표정을 보면서 생각했다. 지난번에 김상규를 만났을 때만 해도 어떻게든 도망치고 싶어하는 것처럼 보였는데. 그 후로 그녀 나름대로 각오를 다졌다는 뜻일까.

"…그들 연합의 존재는 예상 외지만, 변하는 것은 없습니다. 유빈투스는 우리가 잡습니다."

우현은 크게 숨을 내뱉으며 말했다. 그는 자신에게 몰리는 시선을 받으며 말을 이었다.

"갑시다."

우현은 몸을 돌려 던전의 게이트를 노려보았다. 한 달 동안 이쪽이 할 수 있는 준비는 모두 했다. 최대한 마석을 흡수했고, 최대한 몬스터와 싸우며 감각을 세웠다. 안개의 능력도 완숙해졌다고 자신할 수 있다. 그리고 그것은 비단 우현 뿐만이 아니라, 제네시스 전체가 그랬다.

마음의 짐은 잠시 내려놓았다. 호정이건, 우현이건. 지금은 상관없다. 우현은 발을 뻗었다.

확실한 것은 있었다.

지금의 정우현은 과거의 김호정보다 강하다.

던전에 출현하는 좀비는 더 이상 적이 되지 못했다. 마주치는 족족, 교전이라고 할 것도 없는 도살이 자행되었다. 대충 휘두르는 검은 좀비의 방어벽을 박살내고 목을 끊어낸다. 일단 대열은 갖추고 있었지만, 마주치는 몬스터와 습격하는 몬스터에 그 어떤 위협도 느낄 수가 없다.

당연한 일이었다. 이곳에 모인 연합 공격대원 모두가 몇 개나 되는 마석을 흡수했다. 본래부터 실력과 경험을 갖추고 있던 헌터들이다. 그런 그들에게 몇 개나 되는 마석이 제공되었다. 당장 공격대에 참가한 시헌과 민아도 좀비를 상대하면서 큰 어려움을 느끼지 않고 있었다.

'능력을 쓸 필요도 없어.'

펄션을 내리 찍으면서, 시헌이 생각했다. 이전에는 펄션이 무겁다고 느꼈다. 하지만 지금은 아니었다. 가볍다. 처음 들었을 때만 해도 너무 무거워서, 손아귀가 찢어지곤 했었는데. 지금은 솜방망이를 쥐고 있는 것처럼 가볍다. 투기는 넘쳤고 그로 인해 강화된 몸은 시헌에게 한 팔의 부재를 완전히 망각시키고 있었다.

그리고 그것은 민아도 마찬가지였다. 발이 가벼운 것과, 숨이 차지 않는 것. 민아는 경쾌하게 발을 움직이면서 좀비 사이를 파고 들었다. 휘두르는 검이 정확히 좀비의 목을 베어냈고, 쳐낸 방패가 좀비의 몸을 터트렸다.

'잘 적응했어.'

우현은 조금 뒤로 물러서서 그런 시헌과 민아를 보았다. 데리고 오면서, 내심 걱정하지 않은 것은 아니었다. 애당초 시헌과 민아의 헌터 등급은 D다. 공격대 측에서도 반대가 심했다. 아무리 마석을 먹인다고 해도, D급 헌터를 레이드에 끼웠다가는 그들이 실수할 경우 다른 누군가가 위험해 질 수도 있는 노릇이니까.

그런 반대를 무릅쓰고, 일단 유빈투스를 만나기 전까지만 공격대에 소속시키겠다고 하고서 데리고 왔는데. 시헌과 민아는 우현의 생각보다 훨씬 더 잘 해주고 있었다.

'움직임 자체는 기존의 S급 헌터에도 크게 꿀리지 않아.'

한 달 동안 던전에 데리고 다니면서 집중적으로 둘을 전투에 가담시켰다. 그로도 모자라 우현이 일일이 한 명씩 붙잡고 부족한 점을 가르쳤으며, 투기의 세세한 컨트롤에도 조언을 해 주었다. 스스로 생각하기에도 가혹하다 싶을 정도로 몰아붙였지만, 시헌과 민아는 낙오되지 않고 따라왔다.

'…그래도. 유빈투스의 레이드에는 뒤로 빼는 편이 나을까.'

로테이션을 돌릴 때의 보충 멤버로 빼는 편이 나을 지도 모른다. 당장 전투 능력은 S급 헌터와 크게 차이가 없다 하더라도, 레이드에 대한 경험은 아직 완숙하다고 할 정도는 안 된다. 특히나 유빈투스는 여태까지 상대했던 네임드 몬스터와 여러 가지로 경우가 다른 몬스터였다.

　　유빈투스는 작다. 고작해야 사람 하나와 크기가 비슷할 정도다. 대부분의 네임드 몬스터가 중형, 대형이라는 것을 생각해 볼 때, 유빈투스의 작은 체구는 그 괴물에게 큰 이점이 된다.

　　네임드 몬스터를 레이드 할 때는 다수의 헌터가 파티를 맺는다. 그 안에서 포지션이 정해진다. 탱커와 딜러. 그리고 로테이션을 돌릴 후방 멤버와 탱커를 보조하는 서브 탱커.

　　그렇게 다수의 헌터가 파티를 맺는 것은, 네임드 몬스터의 방어벽이 혼자서 뚫는 것이 불가능할 정도로 견고한 것도 이유라 할 수 있겠지만– 네임드 몬스터의 덩치가 워낙에 크기 때문이다.

　　크기 때문에 빙 둘러서 포위할 수 있다. 크기 때문에 서로 거리를 유지하며 공격에 집중할 수 있다.

　　하지만 유빈투스는 아니다. 놈은 작다. 정면에서 마크한다고 쳐도, 유빈투스의 바로 뒤에서 날아오는 칼에 정면의 탱커가 맞을 지도 모르는 일이다.

그럼에도 이렇게 많은 인원을 데리고 가는 것은, 피해가 생겼을 경우 곧바로 대체 인원을 넣기 위해서. 또 광역 공격을 해대는 유빈투스의 시선을 교란시키기 위해서다.

"홀은 넓습니다."

걸음이 멈췄다. 휴식시간이다. 우현은 박광호와 안토니와 얼굴을 맞대고 앉아, 태블릿 PC를 꺼내 그 위에 커다란 원을 그렸다.

"홀은 원형. 중앙에 나선 계단이 있기는 하지만, 천장이 무너진 덕에 계단은 사실상 존재 가치가 없습니다. 그리고 그 괴물이 우리를 쫓아 밖으로 나오지 않는 것을 볼 때, 유빈투스는 그 저택을 나올 수 없는 모양입니다."

"지붕을 뚫고 도망갈 지도 모른다는 걱정은 없겠군요."

"우리가 도망쳐야 할 지도 모르죠."

우현은 그렇게 말하면서 원형 홀의 외곽에 검은 선을 칠했다.

"일단 문쪽을 마크하여 다섯 명을 배치할 생각입니다. 최악의 경우, 우리가 후퇴해야 할 때. 이 다섯 명이 문을 여는 역할입니다."

문은 무겁다. 예전에 도망쳤을 때에는 열 명이 달라붙어야 문을 간신히 열 수 있었다. 하지만 지금의 공격대라면 다섯 명 정도로 충분히 문을 열 수 있을 것이다.

"이들은 전투에 적극적으로 가담시키지 않을 겁니다. 가장 중요한 것은 도주로의 확보니까."

"나머지 인원은?"

"홀 안에서 흩어집니다."

우현은 원의 정 중앙에 검은 점을 찍었다.

"유빈투스를 정 중앙에 두었다고 가정했을 때, 유빈투스와 붙는 것은 저 혼자. 여러분은 자신의 길드원을 챙겨 주십시오."

"혼자 싸우겠다는 건가?"

"그건 아닙니다."

우현은 머리를 저었다. 그 정도로 무모하지는 않다.

"유빈투스는 단거리 공간 이동 능력을 가지고 있습니다. 제가 압박한다면 놈은 저와 떨어지기 위해 거리를 벌리겠지요. 여러분은 유빈투스가 이동한 즉시 그녀를 압박하고, 뒤로 빠져주십시오. 중요한 것은 여러분이 공격에 당하지 않는 것. 유빈투스의 공격을 최대한 피하며 그녀를 압박하는 것에만 주력해 주십시오."

치고 빠진다.

"광역 공격에 기동성, 게다가 소형. 최악의 조건을 모두 갖춘 괴물입니다. 워낙 작다 보니 몇 십 명이 달라붙을 수도 없고, 로테이션을 돌리기도 힘듭니다. 그러니 이 방법이 최선이라고 봅니다."

"하지만 우현씨가 너무 위험합니다."

박광호가 신중한 얼굴로 말했다.

"이 작전의 중심은 우현씨입니다. 우현씨가 유빈투스를 얼마나 압박하느냐, 또 그 괴물이 우현씨에게서 떨어지느냐 마느냐. 만약 우현씨가 먼저 당해버린다면…."

"그 경우 제 역할은 여러분 중 한 명이 담당해 주십시오."

우현은 태블릿 PC를 껐다.

"물론 유빈투스가 제 의도대로 움직이지 않을 수도 있습니다. 그래도 별 상관없습니다. 이 정도의 인원이라면 충분히 유빈투스에게 위기감을 느끼게 할 수 있을 겁니다. 그녀도 생각을 할 수 있으니, 어떻게든 단기 결전으로 끝내기 위해 광역 공격을 감행하겠지요."

그리고 그 공격은 유빈투스의 힘을 소모시킨다.

"최대한 큰 공격을 연달아 펼치게 해야 합니다. 놈

이 제 풀에 지치는 것을 기다리면서, 동시에 압박하여 놈의 방어벽을 공략하도록 하죠. 물론 상황에 따라 작전은 바뀔 수도 있겠지만, 그럴 경우에는 제쪽에서 먼저 전달을 드리겠습니다."

"…예."

"알겠네."

박광호와 안토니가 머리를 끄덕거렸다. 우현은 둘의 대답에 씩 웃고서는 몸을 일으켰다. 휴식 시간은 끝이다. 다시 이동한다.

한 달 동안 유빈투스의 던전의 GPS는 대강이나마 완성되었다. 다른 던전처럼 자세하게는 만들지 못했지만, 그래도 입구 게이트부터 유빈투스의 성까지의 최단거리는 확보되었다.

적당히 휴식을 반복하면서 걷기를 6시간. 공격대는 유빈투스의 성 앞에 도착했다. 성이라고 해 봐야 저택이지만 말이다. 저택의 근처에는 몬스터가 출현하지 않는다. 바로 뒤편에 세이브 포인트도 있기 때문에 휴식과 점검을 취하기도 용이하다.

"6시간."

우현이 입을 열었다.

"만전을 위해 6시간 동안 휴식하겠습니다. 그 후에는 다시 던전 안으로 돌아와 곧바로 유빈투스에게 도

238 리벤지
헌팅 5

전합니다."

어차피 세이브 포인트가 코앞이다. 유빈투스의 카운트가 0이 될 때까지도 아직 시간이 남았으니, 조금 여유를 잡아도 될 것이다.

'화랑이 안 보이는 군.'

우현은 저택의 문을 힐끗 보면서 생각했다. 설마 그들이 안에 들어가 있는 것일까? 하지만 폭음은 들리지 않는다. 저택은 조금도 움직이지 않는다. 어쩌면 그들은 아직 도착하지 못한 것이 아닐까.

'하지만 우리보다 먼저 출발했다고 했는데.'

우현은 그렇게 생각하면서 저택 뒤쪽의 세이브 포인트로 향했다. 우현의 걸음이 멈추었다. 정원 쪽에서 목소리가 들렸기 때문이다.

그리고 담배냄새.

"그러니까, 아무 문제없을 겁니다."

김상규가 낄낄 웃으면서 말했다. 그는 담배를 간이 재떨이에 지져 끄면서 바로 앞에 앉은 남자를 바라보았다. 갈색 머리에 얼굴에 큼직한 흉터가 있는 외국인이었다. 러시아의 S급 길드, 볼프의 길드 마스터였다.

"뭐, 카멜롯과 나래의 연합이 에르마쉬를 쓰러트리고, 유빈투스에게 패퇴하여 도망쳤다고는 하지만…

그렇다고 해서 우리 길드 연합이 패배한다는 보장은 어디에도 없잖습니까? 게다가, 듣자 하니 당시 그쪽의 전력은 서른도 되지 않았다던데."

김상규는 그렇게 말하며 보란 듯이 양 팔을 활짝 펼쳤다.

"저희 연합의 전력은 어떻습니까? 백 명이 넘죠, 백 명이. 거기에 SSS급 헌터가 둘이나 되고, SS급 헌터도 저를 포함해서 일곱에⋯ S급 헌터도 많고."

김상규는 자신의 옆에 앉은 럭키 카운터의 길드 마스터, 막시언 밀리베이크를 힐끗 보았다.

"그러니, 노 프라블럼. 문제없다는 겁니다. 그리고 저희 화랑과 럭키 카운터는 한 달 전에 이미 유빈투스와 교전해 본 경험이 있습니다. 적을 알고 나를 알면 백전백승이라고 하던데, 이 말에 대해 아십니까?"

"⋯그렇게까지 말한다면야. 게다가 여기까지 와서 뒤로 물러날 수도 없지. 나는 단지, 조금 더 신중을 기하는 편이 낫지 않겠냐 말하는 것 뿐이네."

"충분히 신중하고 있습니다. 대적을 목전에 두고서 신중하지 않을 수는 없지요."

김상규는 손을 비비면서 목소리를 낮췄다.

"62번 던전은 여태까지의 그 어떤 던전보다 위험한 곳이었습니다. 그 던전을 저희 손으로 완벽히 공략하는 겁니다. 유빈투스를 쓰러트리고, 그 다음 던전을 열고. 그것이 무슨 의미인지 아십니까?"

김상규는 씩 웃었다.

"저희는 영웅이 되는 겁니다."

그런 김상규의 목소리를 들으면서, 우현은 선하를 돌아 보았다. 선하의 얼굴은 차갑게 식어있었다.

"…괜찮아?"

우현이 물었다. 그 물음에 선하는 잠시 아무런 대답도 하지 않다가,

"뭐가?"

싸늘한 눈으로 우현을 보면서 물었다. 그 물음에 우현은 천천히 머리를 흔들었다. 아무래도 화랑과 럭키 카운터, 볼프의 연합 공격대가 저택 뒤쪽의 정원에서 휴식을 취하고 있는 모양이었다.

'여기서 맞닥트릴 줄이야.'

우현은 작게 혀를 찼다. 김상규를 만나 불편할 것은 없다. 걱정하는 것은 오히려 저쪽이 시비를 거는 것. 자신들이 먼저 왔음을 말하며 순서를 지키라는 등의 헛소리를 할 경우.

"우두커니 서서 뭐해?"

선하는 뒤를 돌아보며 말했다. 선두의 우현이 멈춘 덕에 공격대원 모두가 의아한 얼굴로 멈춰 서있었다.

"뒷사람들 기다리잖아. 가자."

선하가 발을 뻗었다.

발을 앞으로 뻗던 도중에,

몇 년 전의 일을 떠올렸다. 김상규에 대한 기억이
었고, 유쾌한 기억은 아니었다. 가급적이면 다시는
떠올리고 싶지 않은 것이었다. 방금 전 들었던 김상규
의 목소리가 귓가에 아른거렸다. 낄낄거리는 웃음소
리, 그리고 담배냄새.

선하는 그의 웃음소리가 싫었다. 그것은 영화 속에
나오는 악인이 실제로 눈 앞에 섰을 때의 감각과 비슷하
다고 생각한다. 현실에서 있을 리가 없는, 정말로 추악
한 인간군상이 바로 앞, 자신의 현실에 끼어들었을 때.

그런 느낌.

혐오가 두려움이 되었다. 바퀴벌레를 보았을 때 비
명을 지르고 몸을 떠는 것. 몇 발 뒤로 물러서서 도저
히 쳐다보고 싶지 않은 것. 스스로 잡지 못하여 다른
사람을 부르고, 시체조차 끔찍하다 여겨 시선을 돌리
는 것.

선하가 김상규에게 가진 감각은 그것이었다.

'똥이 더러우면 치워.'

그리고 우현은 선하에게 있어서, 도움을 청할 수
있는 유일한 사람이었다. 바퀴벌레가 나왔을 때, 바

퀴벌레가 나왔다고. 바퀴벌레를 잡아달라고 부탁할 수 있는 유일한 사람. 그런 존재였기에 의지했다. 정신적으로 도피할 수 있었다.

하지만 그런 선하의 안일한 생각은 한 달 전에 부서졌다. 라스 프라다와 전투 중에, 선하를 포함한 나래와 제네시스의 공격대는 우현을 그대로 두고 퇴각할 수밖에 없었다. 그리고 한 달 동안 우현은 돌아오지 않았다.

당연히 죽었을 것이라 생각했다. 시체조차 남기지 못하고 죽은 것이라고 생각했다. 선하로서는 유일하게 의지할 수 있는 대상이 사라진 것과 똑같았다.

그렇게 되고, 몇 번을 울고. 몇 번이나 끼니를 거르고, 정신을 차리고 있으면 던전에서 몬스터를 잡고 있고. 체중이 줄고, 몸에 힘이 없고, 다시 이불을 머리끝부터 뒤집어쓰고, 그런 자신의 꼴이 한심해서

한심해서.

그제야 생각했다. 지금의 나 자신이 얼마나 한심한지. 결국 타인에게 의지할 뿐이야. 스스로 하려는 것은 아무 것도 없어.

밥을 먹고, 눈물을 닦고, 결국 생각했다.

바퀴벌레가 눈 앞에 있다면, 스스로 잡아야 하는 것이라고.

"응?"

김상규의 머리가 들렸다. 그는 이쪽으로 다가오는 선하와, 그 뒤에 따라오는 우현을 보았다. 둘이 전부가 아니었다. 제법 많은 인원이 이쪽으로 오고 있었다. 볼프의 길드 마스터, 볼코프 막시노비치 이고르가 눈을 치켜 떴다.

"카멜롯?"

그의 중얼거림에 럭키 카운터의 길드 마스터인 막시언 밀리베이크 역시 표정을 굳혔다. 그런 둘과는 달리, 김상규는 다른 것을 보았다.

그는 우현을 보았다.

죽었다고 들었다. 브로커 쪽에서 서커스의 연락이 왔다. 의뢰 대상이 죽었고, 의뢰를 수행하지 못했다고. 지불했던 금액은 모조리 돌아왔다. 그것으로 끝이 아니었다. 서커스의 단장인 세르게이는 다시는 우현에 관한 의뢰를 받지 않겠다고 강경히 말했다.

뭐 상관없는 일이었다. 어차피 죽은 놈인데, 의뢰는 무슨. 오히려 돈 안 쓰고 일이 풀렸다는 생각에 김상규는 싱글벙글했다.

그런데, 놈이 사실은 살아 있었다. 한 달 동안 어디서 뭣하고 있었는지는 모르지만, 놈은 죽지 않았다. 오히려 갑자기 나타나서 애 먹이게 하던 네임드 몬스터인 에르마쉬를 쓰러트린 주역까지 되었다.

귀찮은 놈이 더 귀찮게 변해버렸다. 그에 대한 처리는 일단 뒤로 미루고, 고립된 유빈투스를 잡기 위해 볼프까지 끌어들여 공격대를 편성했는데. 설마 여기서 마주치게 될 줄이야.

"…와우."

김상규의 얼굴에서 순간 표정이 사라졌다. 그리고 곧바로 웃음이 생겨났다. 김상규는 요란하게 엉덩이를 털면서 몸을 일으켰다. 그리고는 선하 쪽을 향해 손을 흔들었다.

"너도 유빈투스를 잡으러 온 거야?"

일단 속내를 감춘다. 서로 경쟁하는 입장이기는 하지만, 글쎄. 김상규는 선하의 뒤편에 선 이들을 쭉 훑어 보았다. 박광호의 얼굴이 보였다. 최우석은 확실하게 죽었다고 들었다. 지금의 나래에는 최우석이 없다.

즉, 신경쓸 정도도 되지 않는다는 뜻이다. 박광호도 제법 실력이 있는 헌터라는 것은 인정하지만, 최우석이 원체 출중했던 탓에 그가 없는 나래는 위협적으로 느껴지지 않는다.

그렇다면 카멜롯은? 카멜롯은 S급 길드다. A급 길드인 화랑보다 급이 높다. 하지만 카멜롯 역시 62번 던전에서 제법 많은 타격을 입었다.

반면에 이쪽은 어떤가. 물론, 럭키 카운터와 화랑 역시 던전 공략에서 타격을 입은 것은 사실이다. 하지만 그 연합에 볼프가 붙었다. 볼프는 사냥 길드다. 공략 길드와는 추구하는 방향이 다르다. 덕분에 볼프는 큰 타격 없이 전력을 보존하고 있었고, 그들이 합류한 이쪽 연합 공격대의 전력은 막강하다.

　선하는 다가오는 김상규를 보면서 아무런 말도 하지 않았다. 순간 그녀의 눈이 살짝 떨리기는 했지만, 그것이 선하가 비친 반응의 전부였다. 우현은 그런 선하의 옆얼굴을 불안하다는 듯이 보았다.

　"표정이 왜 그래?"

　적당한 거리에서 멈춰 선 김상규가 다시 말을 걸었다. 실실 웃는 김상규의 표정을 힐끗 보며 우현의 주먹이 쥐어졌다. 서커스에 의뢰를 넣은 것. 김상규라고 생각하고는 있지만, 그것은 심증일 뿐이다. 확증은 없다.

　"…대답이 없네. 뭐 기분 나쁜 일이라도 있어?"

　개년이, 똥이라도 씹었나. 김상규는 실실 웃으면서 그렇게 생각했다.

　"…냄새."

　선하가 작은 목소리로 중얼거렸다.

　"뭐?"

제대로 듣지 못했기에, 김상규가 머리를 갸웃거렸다.

"담배 냄새 나."

선하가 내뱉었다. 그 말에 김상규의 눈이 동그랗게 떠졌다. 우현 역시 놀란 눈으로 선하를 바라보았다. 선하는 미간을 잔뜩 찡그리며 김상규를 노려 보았다. 곧, 그녀의 시선이 이쪽을 보고 있는 막시언에게 향했다.

"선하?"

막시언이 중얼거리며 몸을 일으켰다. 우현은 일어서는 그의 거구를 보면서 눈썹을 살짝 찡그렸다.

"상중의 딸인가?"

"아, 예. 너는 처음 보지? 럭키 카운터의 길드 마스터야."

이 년이 방금 전에 뭐라고 한 거야? 김상규는 입 안을 채운 불쾌감을 무시하고서 웃으며 말했다. 선하는 묵묵히 시선을 돌려 막시언을 바라보았다. 선하의 앞으로 다가 온 막시언은 선하를 내려 보았다.

"상중과는 그리 닮지 않았군."

그는 그렇게 말하며 선하에게 손을 뻗었다.

"아버지의 일은 유감스럽게 됐다. 그때에는…."

"그에 대해서는 그리 이야기하고 싶지 않습니다만."

선하가 막시언의 말을 끊었다. 그 말에 막시언의 눈빛이 바뀌었다. 뻗은 손을 다시 내리며 머리를 끄덕거렸다.

"그리 좋은 이야기도 아니니까."

그는 그 말을 끝으로 더 이상 선하에게 시선을 주지 않았다. 대신에 막시언의 시선이 향한 것은 카멜롯의 길드 마스터인 안토니 워링턴이었다.

"오랜만이군, 워링턴."

"61번 던전 공략이 벌써 한 달 전이니까. 설마 자네가 여기에 있을 줄은 몰랐는데."

안토니가 긴장한 얼굴로 말을 받았다. 그 말에 막시언은 낮게 웃으면서 볼코프 쪽을 힐끗 보았다.

"그렇게 되었지. 61번 던전 때를 기억하나? 그때에도 자네의 카멜롯은 한 발 늦었지. 이번에도 그럴 것이고."

"유빈투스를 잡으려는 것이겠지?"

안토니의 물음에 막시언이 웃으며 머리를 끄덕거렸다.

"그것이 아니라면 내가 왜 여기에 있겠나? 에르마쉬를 잡았다는 이야기는 들었네. 설마 에르마쉬가 자네에게 잡힐 줄은 몰랐…."

"헛소문을 들었군."

안토니가 머리를 흔들었다.

"에르마쉬를 잡은 것은 내가 아니야. 바로 저쪽 청년이지."

그 말에 막시언이 우현을 보았다. 우현은 자신을 내려 보는 막시언의 시선을 마주하며 그를 올려 보았다. 막시언이 피식 웃었다.

"아, 그렇군. 그가 정우현인가. 최우석과 함께 라스프라다를 쓰러트렸다던… 뭐, 좋아. 이미 죽은 몬스터인 에르마쉬를 누가 잡았다 한 들 그것이 뭐가 중요하겠는가?"

"순서는 지켜야 할 겁니다."

김상규가 냉큼 말했다.

"다 알고 있고, 겪을 일 다 겪은 헌터들끼리 이런 말이 뭐가 필요하겠습니까만. 이쪽에 먼저 온 것은 저희 공격대입니다."

"뭔가 착각하고 있는 것 같은데. 그 룰은 몬스터를 먼저 포착했을 경우가 아닌가?"

박광호가 내뱉었다. 우선권은 네임드 몬스터를 누가 먼저 포착했느냐다. 아무리 이곳이 유빈투스의 영역이라고는 하지만, 실제로 포착한 것도 아니니 우선권을 논하는 것은 우습다. 그 말에 막시언이 웃음을 흘렸다.

"물론 그렇지. 그렇다면, 지금 당신들이 먼저 저 문을 열고 안으로 들어가겠나? 보아 하니 이곳까지 오느라 조금은 지친 모양인데. 우리는 적당히 휴식도 취했고, 언제라도 저 문을 열어 안으로 들어갈 자신이 있네만."

그 말에 박광호의 얼굴이 일그러졌다. 이쪽 공격대에 휴식이 필요한 것은 사실이었다. 그는 더 이상 말하지 않고 우현 쪽을 보았다. 사실상 이 공격대의 대장은 우현이었기 때문이다.

'왜 저 새끼를 보는거야?'

박광호의 시선은 노골적이었기에, 그가 우현을 보고 있다는 것을 모르는 사람은 없었다. 김상규의 미간이 씰룩거렸다. 고작해야 A급 헌터에, 길드의 규모도 가장 작은데.

"좋을대로 하십시오."

우현이 입을 열었다.

"당신들의 말대로, 우리에게 휴식이 필요한 것은 사실입니다. 우선권을 따지고 싶지도 않고요. 먼저 입장하겠다면 입장하십시오. 우리는 휴식을 취할 테니까."

"쿨하군."

막시언이 웃음을 터트렸다.

"기껏 이곳까지 왔는데, 미안하게 됐네. 그래도 제법 공적을 쌓았으니 아쉬울 것은 없잖은가? 이 저택의 네임드 몬스터 둘이 자네에게 죽었는데."

"공적 따져가며 헌터 합니까?"

우현이 웃으며 물었다.

"뭐, 사람마다 가치관은 다르겠지만 말입니다. 저는 공적치 따지고 명예 따져가며 헌터 짓을 하는 것이 아니라서. 당장 유빈투스가 모레면 강림하니, 놈이 강림하기 전에 빨리 해치우는 것이 좋다고 생각했을 뿐입니다. 굳이 저희가 해치우지 않아도 된다고 생각했고."

우현이 태연한 얼굴로 말하자 막시언의 얼굴에서 웃음이 사라졌다. 우현의 말은 노골적으로 막시언의 태도를 비꼬고 있었기 때문이다. 슬며시 일어난 적의가 우현을 덮쳐왔다. 우현은 막시언의 매서운 시선을 받아 넘기면서 뒤쪽을 힐끗 보았다.

"그러면, 저희는 세이브 포인트를 통해 밖으로 나가죠. 애초 정했던 시간대로 휴식을 취하고, 다시 이곳에 모여주십시오."

"…그래도 되는 겁니까?"

박광호가 조금 당황한 얼굴로 물었고, 우현은 씩 웃으며 머리를 끄떡거렸다.

"안 될 것이 뭐 있습니까?"

저들이 유빈투스를 쓰러트릴 수 있을까?

우현은 그에 대해서 생각해 보았다. 저쪽의 인원은 제법 많았다. 거기에 러시아의 볼프도 있고, S급 이상의 헌터도 상당히 많다.

하지만 그렇다고 해서 저들이 유빈투스를 쓰러트릴 수 있는가.

'없어.'

우현은 그를 확신했다.

그러니 놈들을 들여 보낸다. 골치 아픈 다툼도 피할 수 있고, 놈들이 유빈투스를 조금이라도 지치게 만든다면. 혹은 유빈투스에게 상처를 남긴다면.

"자, 갑시다."

우현은 막시언과 김상규를 지나쳤다.

이쪽의 손해는 아무 것도 없다.

"정우현이라."

막시언은 일렁거리는 세이브 포인트의 게이트를 노려보면서 중얼거렸다. 재능 좀 있다는 꼬마라고 생각했는데, 오히려 이쪽이 한 방 먹어버렸다. 막시언은 잠시 동안 생각에 잠겼다.

"일단 빠지지."

대뜸 막시언이 말했다. 그 말에 김상규가 눈을 크

게 떴다.

"예?"

되묻는 물음에 막시언은 김상규 쪽을 힐끗 보았다.

"만약의 경우를 생각해서."

그것은 일종의 직감이었다. 막시언은 군인 출신이었다. 헌터가 되기 전부터 중동의 전장을 굴렀고, 전쟁과 내전도 몇 번이나 경험해 보았다. 누군가를 죽이는 것, 누군가가 죽는 것. 자신이 죽을 지도 모른다는 것. 그런 세계에서 살아왔다.

"낌새가 좋지 않아."

전장에서의 경험은 막시언을 헌터로서도 일류로 만들어 놓았다. 하지만, 지금의 판단이 단순히 감에서 기인한 것은 아니다. 지금의 전력으로 유빈투스를 확실히 잡을 수 있는가? 막시언은 그에 대해서는 100%라고 확신할 수 없었다. 지난번에 교전했던 유빈투스의 강함이 너무나 압도적이었기 때문이다. 물론 그때의 전력보다 더욱 전력을 보강하기는 했지만, 글쎄. 여전히 확신은 적다.

그 상황에서 나래와 카멜롯, 제네시스의 연합 공격대가 나타났다. 최악의 경우에는 이쪽이 유빈투스의 힘을 빠지게 하고, 그들이 어부지리를 취할 수도 있다.

그렇게 되면 이쪽 연합에 돌아오는 이득은 아무 것도 없다.

"그들이 유빈투스를 잡을 수 있을 것이라 보나?"

막시언은 김상규를 바라보며 물었다. 그 물음에 김상규는 머리를 흔들었다.

"최우석이 없는 나래는 예전에 훨씬 미치지 못합니다. 카멜롯도 상당한 타격을 끌어안은 체고, 제네시스는 뭐… 말할 것도 없지요. S급 헌터 하나 없는 길드니까."

"상중의 딸이 잘 컸더군."

막시언이 중얼거렸다.

"아비가 죽어서 그런지, 어른에 대한 예의는 모르는 듯 하지만 말이야."

막시언은 자신을 노려보던 선하의 시선을 떠올렸다. 혹시 뭔가 알고 있는 것일까? 뭐, 알고 있다고 해도 별 상관없다. 그녀가 할 수 있는 일은 아무 것도 없다.

"그쪽 연합 공격대가 유빈투스를 잡을 확률은 없어. 그러니 그들이 먼저 싸우게 하고… 우리는 그 뒤에 들어가자고. 놈들이 잘 싸워준다면 지친 유빈투스를 잡을 수 있을 것이고, 놈들이 무능해서 일방적으로 당한다면. 그 역시 나쁜 일은 아니지."

막시언이 씩 웃었다.

"자기 손을 더럽히지 않고 귀찮은 쓰레기를 치울 수 있으니까."

◎

"럭키 카운터 쪽은 움직이지 않았습니다."

박광호의 전화를 받았다. 럭키 카운터와 화랑, 볼프의 연합은 움직이지 않았다.

"알겠습니다. 저희는 예정대로."

우현은 그렇게 대답하고 전화를 끊었다.

잠은 충분히 잤다. 식사도 했고, 몸에 이상은 없다. 우현은 커피를 한 모금 마셨다. 설마 럭키 카운터 연합이 뒤로 빠질 줄이야. 우현은 거구의 막시언을 떠올렸다. 무식한 돼지인줄 알았는데, 그래도 제법 생각을 할 줄 아는가.

'견제하는군.'

어부지리를 줄 생각은 없다는 것인가. 역으로 말하자면 놈들은 유빈투스를 잡을 수 있다는 확신이 없었던 것이다. 그러면 어떻게 할까, 이쪽이 조금 더 뺄까. 아니, 이미 박광호에게는 예정대로 하겠다고 말을 해두었다. 게다가 시간이 얼마 남지 않았다. 내일이면 유빈투스의 카운트가 0이 된다.

"오빠."

문 밖에서 노크 소리가 났다. 담배에 불을 붙이던 우현은 머리를 들어 문쪽을 바라보았다.

"잠깐만 기다려. 곧 나갈 테니까."

그는 담배를 피우며 생각을 정리했다. 한 달 전, 유빈투스와 처음 싸웠을 때. 그 마녀의 힘과, 변칙적인 공격과, 이쪽의 전력과,

나 자신과.

확신은? 없다. 해보지 않고서는 모르는 일이다. 주어진 시간은 한 달이었고, 그 시간 동안 이쪽의 전력은 최대한 끌어 올렸다. 0이었던 승산을 최대한 높이 올렸다. 이제는 그를 확인할 뿐이다. 잡을 수 있는가, 없는가. 잡을 수 없다면? 럭키 카운터에게 어부지리를 줘야 하는가. 그들이 주는 떡을 받아 먹을 수 있을까? 놈들이 실패한다면?

담배를 지져 껐다. 입 안에 머금고 있던 연기를 뿜어내고, 우현은 문으로 다가갔다. 문을 열었다. 바깥에는 민아가 서있었고, 그녀는 우현을 보고서 눈썹을 찡그리더니 코를 붙잡았다.

"담배 냄새."

"미안."

손부채질을 하면서 담배 냄새를 떨쳐 보려고 했지만, 겨우 그것으로 냄새가 사라질 리가 없다. 민아는 한숨을 쉬더니 탈취제를 꺼내 우현에게 뿌려주었다.

"그런 것도 들고 다녀?"

"오빠는 남자라서 모르겠지만, 나는 여자거든요? 한달 동안 던전에서 살다시피 했는데. 씻지는 못해도 냄새는 막아야지."

입 벌려 봐요. 민아의 말에 우현은 입을 작게 벌렸다.

"더 크게."

민아가 쏘아붙였다.

구취제거스프레이를 꺼내고서, 입 안에 뿌렸다. 입 안이 텁텁했지만 담배 냄새가 나는 것보다는 낫겠지. 우현은 입술을 우물거리다가 손으로 입을 막고, 숨을 쉬어 보았다. 확실히 담배 냄새가 덜했다.

"키스할 때 담배 냄새 나는 남자는 인기 없다구요."

"키스할 사람도 없는데 무슨 상관이야?"

"만들려고 하면 만들 수 있으면서. 몰라요?"

민아가 배시시 웃으며 물었다. 우현은 민아의 은근한 시선에 낮게 헛기침을 하면서 머리를 흔들었다.

"가자. 시간 됐으니까."

"말 바꾸기는."

민아가 입술을 삐죽거렸다. 1층 거실에는 이미 준비를 끝낸 시헌과 선하가 서있었다.

"컨디션은?"

"괜찮아."

"문제없어요."

둘의 대답에 우현은 민아 쪽을 돌아보았다. 민아가 손가락으로 브이를 그렸다. 우현은 피식 웃고서는 머리를 끄덕거렸다.

"가자."

판데모니엄으로 들어갔다. 62번 게이트 앞에는 나래와 카멜롯의 길드원들이 모여 있었다. 우현은 미묘하게 굳은 분위기를 읽었다. 별다른 말은 하지 않았지만, 럭키 카운터 쪽 연합이 뒤로 빠진 것을 신경쓰는 것이 분명했다.

"아무 문제없습니다."

그런 모두를 향해서 우현이 입을 열었다. 시선이 우현에게 몰렸다. 우현은 그들의 시선을 받으며 천천히 말을 이었다.

"럭키 카운터 쪽 연합이 뒤로 빠지건 말건, 애당초 우리는 유빈투스를 잡을 생각이었잖습니까. 뭐, 조금 쉽게 할 수 있었던 일이 원래대로 돌아왔다고 생각하면 되겠지요."

우현은 그렇게 말하고서 게이트를 노려보았다. 저 너머의 저택을 보았다.

"당초 계획대로 갑니다. 들어가죠."

우현의 말에 다들 머리를 끄덕거렸다. 맞는 말이다. 처음부터 럭키 카운터 쪽 연합은 생각하지도 않았다. 변한 것은 아무 것도 없다. 그들은 유빈투스를 잡을 생각이었고, 그것이 전부다.

게이트를 지났다. 저택 뒤편의 게이트로 나왔다. 정원에는 아무도 없었다. 럭키 카운터 쪽 연합은 아예 게이트 밖으로 나간 것일까? 어느 쪽이든 상관없다. 우현은 차갑게 식은 공기를 크게 들이마셨다.

문 앞에 섰다. 끼긱거리는 쇳소리와 함께 문이 열리기 시작했다.

"넓게 퍼져서, 조금 뒤로."

우현이 소곤거렸다. 문이 열린 순간 유빈투스의 공격이 들어 올 지도 모른다. 그것을 견제한 것이다. 괜히 몰려있다가 공격을 당한다면 전투 시작부터 손해를 안게 된다.

하지만 공격은 없었다. 대신에 들린 것은 아름다운 음색이었다. 가사는 없다. 허밍인지, 콧노래인지. 부드러운 노래였다. 흐르는 노래에 삐걱거리는 쇳소리가 겹친다. 문이 완전히 열렸다.

유빈투스는 등을 돌리고 서있었다. 아니, 그녀는 춤을 추고 있었다. 양 손을 펼쳐 천천히 흔들면서, 뒤 꿈치를 들어 발끝으로 땅을 짚으면서. 쇳소리가 멈췄다. 문이 완전히 열렸다.

유빈투스의 노래가 멈췄다.

"최근 들어서, 아무도 오지 않았지."

유빈투스의 목소리. 한 달 만이다. 우현은 말없이 검을 뽑았다. 문이 열리는 소리가 아닌, 다른 쇳소리 가 겹친다. 무기가 뽑히는 소리다.

"한 달 전 이후로 몇 몇이 오기는 했다. 하지만 다 들 재미가 없었어. 나에게 그 어떤 위협감도 주지 못 하는 벌레들이었지."

유빈투스가 몸을 돌렸다. 그녀는 즐거운 웃음을 면 전에 가득 띠우고 우현을 바라보았다.

"나에게 주어진 시간이 얼마 남지 않은 지금, 네가 다시 왔구나."

우현은 발을 뻗었다. 유빈투스의 몸이 천천히 떠올 랐다. 그녀는 까르르 웃으면서 양 손을 펼쳤다. 공기 가 뜨겁게 달아올랐다. 이글거리는 화염구가 그녀의 양 손을 감쌌다.

"이번에도 도망칠 것이냐?"

"아니."

우현이 대답했다. 걸음은 멈추지 않는다. 그는 유빈투스를 향해 똑바로 다가갔다. 그리고 다른 헌터들이 움직였다. 어떻게 싸울 것인가, 그에 대해서는 이미 이야기를 해두었다. 문 근처에 다섯 명, 나머지는 넓게 퍼진다. 우현은 눈을 움직여 선하와 시헌, 민아를 보았다. 시선이 닿자 선하가 머리를 끄덕거렸다.

"그렇다면?"

"너를 죽일 거야."

우현이 대답했다. 그 말에 유빈투스가 탄성을 질렀다.

"네가? 아니면 너희들이?"

유빈투스의 손이 앞으로 뻗어졌다.

굳이 대답하지는 않았다. 어느 쪽이라고 해도 유빈투스는 오늘 죽는다. 죽어야 한다. 화염구가 터져나왔다. 사방으로 불꽃이 튀었다. 우현은 즉시 땅을 박찼다. 저 정도 높이라면 검을 위로 휘둘러서 닿을 수 있다. 달리는 발에 제동을 걸었다. 검을 아래로 내리고, 허리를 비틀었다.

꽈앙! 일단 한 방. 크게 힘을 주어 휘두른 검이 유빈투스의 방어벽을 갈겼다. 유빈투스의 몸이 크게 휘청거렸다.

"…어?"

유빈투스가 놀란 소리를 냈다. 한 달 전과는 검에 실린 무게가 전혀 달랐기 때문이다. 유빈투스는 조금 당황한 표정을 지으며 아래를 내려 보았다. 우현은 눈에 힘을 주고 유빈투스를 올려 보았다.

"놀랐어?"

묻는 질문에 유빈투스의 시선이 바뀌었다.

쐐액!

다시 휘두른 검은 방어벽에 부딪히지 않았다. 유빈투스의 몸이 완전히 사라졌다. 공간이동이다.

등 뒤. 우현은 날아오는 예리함을 느끼며 발을 움직였다. 내지른 손톱이 우현이 있던 자리를 꿰뚫었다. 그는 검을 쥔 양 손의 간격을 조절하며 몸을 비틀었다. 이번에도 닿지 않는다.

"…너, 무엇을 한 것이지?"

공간이동으로 거리를 벌린 유빈투스가 내뱉었다. 한 달 전과는 비교도 할 수 없다. 고작 한 달 사이에 이렇게 사람이 달라질 수 있는 것일까. 우현은 혼란스러운 유빈투스의 얼굴을 보고 피식 웃었다.

"뒤."

"…뭐?"

유빈투스가 되물었다.

등 뒤에서의 폭발이 유빈투스의 방어벽을 갈겼다.

방어벽을 두들긴 폭발에 유빈투스의 몸이 크게 휘청거렸다.

"이…!"

유빈투스가 이를 악물고서 내뱉었다. 시헌은 차갑게 굳은 얼굴로 내리 찍었던 펄션을 위로 올렸다. 폭발에 대한 컨트롤은 완벽하다고 자부할 정도로 능숙해졌다. 폭발에 대한 조절도, 다른 헌터를 휘말리지 않게 할 정도로 섬세해졌다.

'이건 에르마쉬의 능력이야.'

차갑게 식은 머리로 유빈투스가 생각했다. 타격점에 폭발을 일으키는 것. 그 능력이 에르마쉬에게서 인간에게 건너갔다. 유빈투스의 눈이 예리해졌다. 멍청한 놈들. 죽어서도 도움이 안 되는구나. 유빈투스는 혀를 차면서 시헌을 향해 손을 뻗었다. 파직거리는 전류가 그녀의 손가락에 어렸다.

그 순간, 선하가 달려들었다. 찰나라고 할 수 있을 짧은 순간이었다. 파고든 즉시 날카롭게 휘두른 검이 유빈투스의 방어벽을 긁었다. 실린 힘이 만만찮다. 유빈투스의 몸이 휘청거렸다. 아니, 그것이 전부가 아니다. 유빈투스의 눈에 당황이 어렸다.

'뭐야?'

검은 이미 스쳐 지나갔는데도 방어벽을 유지하는 마력이 조금씩 줄어들고 있었다. 뭐지? 유빈투스의 눈이 움직였다. 자신의 주변에 두른 방어벽 중, 검이 스친 곳에 검은 안개같은 것이 남아 있었다. 그것이 잔류하여 방어벽을 유지하는 마력을 소모시키고 있었다.

"이게 무슨⋯."

당황한 그녀가 내뱉은 순간, 다시 펄션이 내리 찍혔다.

콰앙!

묵직한 폭발이 유빈투스의 생각을 끊어놓았다. 일단 그녀는 비틀거리며 거리를 두었다. 공간이동을 펼쳐 선하와 시헌에게서 벗어났다.

하지만 유빈투스를 노리는 헌터는 아직 많았다. 그들은 저 마녀가 연이은 공격에 당황한 것을 똑똑히 보았다.

한 달 전과는 다르다. 공격대원 모두가 그것을 실감했다. 한 달 전에는 무력했지만, 지금은 아니다.

사방에서 검이 휘둘러졌다. 그 속도와 실린 힘에 유빈투스의 머릿속은 더욱 혼란스럽게 변했다. 그녀는 급히 몸을 뒤로 빼내면서 양 손을 휘저었다.

콰콰쾅!

그녀의 손이 스치는 곳마다 폭발이 일어났다. 하지만 폭발에 직접적으로 휘말린 헌터는 아무도 없었다. 이곳에 있는 헌터들 중에서 실전 경험이 부족한 이는 아무도 없었다. 상황판단과 임기응변은 헌터가 가져야 할 우선적인 덕목이다.

폭발이 스치고 난 즉시 다시 공격이 퍼부어졌다. 급히 몸을 뒤로 빼내기는 했지만 방어벽에 제법 많은 공격이 들어왔다.

"으…!"

유빈투스가 분한 소리를 냈다.

하지만 그녀가 어디로 빠지건, 그곳에는 헌터가 있었다. 처음의 당황이 사그라들고 차갑게 식은 냉정이 유빈투스를 장악했다.

'한 달 사이에 무슨 일이 있었던 거야?'

믿을 수 없을 정도의 성장속도다. 한 명만 그런 것이 아니라, 이곳에 있는 모두가 예전과는 비교도 할 수 없이 강해졌다. 이런 일은 불가능하다. 마법인가? 아니, 인간은 마법을 사용할 수 없다. 마법과 능력은 위대한 창조주가 유빈투스와 같은 수문장들에게 주어준 힘이었다. 인간이 그를 사용하는 것은 불가능하다.

물론 그 능력을 품은 핵을 인간에게 빼앗겼다면, 인간이 그 능력을 사용할 수도 있다. 실제로 에르마쉬와 라스 프라다의 능력은 약탈당했다. 하지만 이 독은 뭐지? 독은 아직도 방어벽에 남아 그녀의 마력을 갉아먹고 있었다. 그 뿐만이 아니다. 인간이 어찌 이렇게 강해질 수 있단 말인가.

가장 위협적인 것은,

"으윽!"

유빈투스의 입에서 신음이 새어나왔다. 몰아친 안개가 유빈투스의 방어벽을 갈겼다. 라스 프라다의 능력이지만, 라스 프라다 본인이 쓰는 것보다 정교하고 빠르다. 유빈투스는 비틀거리면서 급히 손을 뻗었다. 그녀의 손이 짚어진 곳에 이글거리는 불꽃의 구체가 떠올랐다.

콰앙!

쏘아진 화염구는 노렸던 것을 폭사시키지 못했다.

빠른 것은 안개 뿐만이 아니었다. 몸놀림 자체가 다른 헌터와 비교할 수가 없다. 저리도 빠르게 움직이는데도 공격은 정교하고 정확하다. 급히 공간이동으로 거리를 벌려 보지만, 그 거리마저 순식간에 좁혀진다.

콰앙!

결국 방어벽으로 공격을 받아낸다. 유빈투스는 까득거리며 이를 갈았다. 그녀는 자신을 노려보는 우현의 시선을 마주하며 내뱉었다.

"인간 따위가!"

유빈투스가 성난 고함을 내질렀다. 그녀의 붉은 머리카락이 위로 솟구쳤다. 눈동자에 시뻘건 빛이 어려 일렁거렸다. 유빈투스의 몸을 중심으로 하여 붉은 마력이 회오리쳤다. 단순한 장난이 목숨을 건 전투가 되었다. 마음가짐이 달라졌다.

그것은 유빈투스가 이 전투에서 자신이 죽을 지도 모른다는, 그런 최악을 떠올린 것이다.

'위험하다 생각한 모양이야.'

유빈투스를 중심으로 회오리치는 마력은 그녀에게 접근을 불가능하게 하고 있었다. 일단 확인해 두었던 유빈투스의 힘은 불꽃과 얼음, 공간이동, 방어벽. 거기에 저런 능력도 있었나. 뭐, 놀랄 일은 아니다. 지난번 유빈투스와 싸웠을 때에 그녀를 궁지로 몰아넣은 적은 없었으니까.

굼벵이도 밟으면 꿈틀하는 법인데, 몬스터가 위기에 발작하는 것은 흔한 일이다. 유빈투스의 손이 움직였다. 실체화 시킨 마력은 강력한 힘이다. 그녀가 손을 휘젓자, 붉은 마력이 칼날처럼 휘둘러졌다.

"으악!"

공격대원들이 비명을 지르며 몸을 날렸다. 하지만 모두가 피하는 것에 성공한 것은 아니었다. 미처 피하지 못한 몇몇이 유빈투스의 공격을 맨 몸으로 받아냈다. 받아냈다, 라기 보다는 받아낼 수밖에 없었던 것이지만.

써걱하는 소리, 그리고 피. 견고한 갑옷과 강화한 신체가 두부처럼 썰려나갔다. 피가 비산하고 장기가 쏟아졌다. 유빈투스 레이드를 시작하고서 처음으로 희생자가 나왔다. 세 명이 죽었다.

"꺄하하하!"

유빈투스가 웃음을 터트렸다. 역겨운 광경이었지만 토하는 사람은 아무도 없었다. 헌터는 언제나 곁에 죽음을 두고 산다. 오히려 공격대는 이를 악물며 유빈투스에게 덤벼들었다. 유빈투스의 양 손이 위로 올라갔다.

"돌아라, 돌아라!"

유빈투스가 외쳤다. 몰아치는 마력이 사방으로 회전했다. 홀 전체를 노리는 큰 공격이었다.

"숙여!"

우현이 고함을 질렀다. 그는 몸을 앞으로 날리며 땅에 배를 붙였다.

카가각!

휘둘러진 공격이 저택의 벽을 긁으며 풍차처럼 돌았다.

"무식한 년!"

우현이 욕설을 뱉었다. 그는 안개를 일으켰다. 우현이 사용하는 안개와 유빈투스가 휘두르는 마력은 질적으로 비교가 되지 않았다. 안개는 투기를 가공한 것이지만, 유빈투스가 휘두르는 마력은 가공을 거치지 않은 그 자체의 힘이다. 지닌 힘이 비교가 되지 않는다.

정면으로 부딪힌다면 승산은 없다. 하지만 아주 잠깐, 잠깐이라도 이 미친 공격을 멈추는 것으로 충분하다. 우현은 안개에 투기를 가득 불어넣었다. 어차피 투기의 양은 넘치기에 이 정도 소모해도 큰 문제는 없었다. 농밀한 안개가 뿜어져 나왔다. 휘둘러지는 마력과 안개가 부딪혔다.

닿는 즉시, 안개가 흩어졌다. 하지만 마력의 폭풍을 잠깐동안 멈추게 하는 것은 가능했다. 안개가 멈춘 즉시 우현은 손으로 땅을 짚어 앞으로 뛰쳐 나갔다.

"죽기 위해 오는구나!"

유빈투스가 양 팔을 벌려 우현을 환영했다. 멋대로 떠들어라, 개 같은 년아. 우현이 소곤거렸다. 잠깐 멈춘 공격이 완전히 멈췄다. 그 마력은 유빈투스를 중심으로 모였고, 곧 수백 개는 될 송곳이 되었다. 우현의 얼굴에 순간 표정이 사라졌다.

"니미."

이건 진짜로 죽을 지도 모르겠군. 유빈투스의 전력이 우현에게 집중된 것이다. 유빈투스의 입 꼬리가 올라갔다. 우현의 투기가 들끓었다. 엔진이 회전하기 시작했다. 세계가 삐걱거리며 느려졌다.

공격이 쏟아졌다. 매섭게 끝을 세운 마력의 송곳이 우현의 정면으로 쏟아졌다. 옆으로 피할 수는 없다. 느려지는 것은 우현이 보는 것 뿐. 실제의 시간은 느려지지 않았다. 결국, 우현의 속도는 똑같다는 말이다. 스위치를 가속으로 올렸다. 하지만 그렇게 해도 저 무식한 공격에게서 완전히 벗어나기에는 시간이 부족하다.

그렇다면 남은 것은 정면돌파 뿐이다. 할 수 있을까? 머릿속에 잡념을 지웠다. 엔진이 가열된다. 이것으로는 부족해. 더 빨리.

눈동자 바로 앞까지 송곳이 다가왔다. 눈을 굴린다. 피할 수 있는 루트를 탐색한다. 몸을 아래로 낮추면? 아니, 그 위치에도 송곳이 있어. 머리를 옆으로 꺾는다. 뺨이 시큰거렸다. 완전히 피해내지 못했다. 스쳤다. 욕심은 금물이야. 이 정도로도 충분해.

오른 어깨를 뒤로 빼내고, 허리를 살짝 비튼다. 송곳의 위치는 눈으로 쫓을 수 있다. 문제는 그것을 피하는 내 몸. 내 몸을 움직이고, 움직임을 명령하는 뇌.

반사신경을 더욱 끌어올린다. 속도가 부족하다. 속도를 더 올린다. 보이는 것이 빨라. 그렇다면 더 느리게 해. 투기의 양이 몇 배로 불어난 만큼 우현의 능력은 더욱 강해진다. 엔진을 돌리는 힘도, 달리는 속도도.

송곳이 어깨를 스친다. 스치는 정도는 괜찮아. 발을 뻗고, 뻗던 도중에 발의 방향을 바꿔서 옆으로, 조금 더 옆으로. 유빈투스의 마력은 닿는 모든 것을 꿰뚫고 베어버린다. 갑옷도, 신체를 강화하는 것도. 저 공격 앞에서는 의미가 없다.

그러니 방어는 무의미하다. 돌파와 회피뿐이다. 관절 하나 하나에 주의하면서 움직임을 만든다. 시큰거리는 통증이 전신에서 올라왔다. 완전히 피하는 것은 무리니, 번번히 스칠 수밖에 없다.

그리고 유빈투스의 얼굴이 가까워진다. 그녀의 얼굴이 천천히 변하는 것이 보였다. 눈동자에 경악이 실린다. 그것을 보며 양 손으로 검을 잡았다.

콰콰쾅!

쏘아진 송곳이 우현의 뒤편에 박혔다. 피투성이가 되기는 했지만 어디 박살나거나 잘려나간 곳은 없다.

'그걸 피해?'

옆으로 우회한 것도 아니다. 정면에서 그대로 돌파했다. 말도 안 되는 일이야. 그렇게 생각하면서 손을 뻗었다. 뻗어진 공격에 실렸던 마력이 되돌아온다. 하지만 그것보다 우현의 검이 빠르다.

콰앙!

무방비의 유빈투스에게 일격이 꽂혔다. 그녀의 입이 벌어졌다. 마력이 크게 빠져나간 덕에 방어벽을 견고히 유지할 수가 없었다. 우현이 휘두른 일검은 얇아진 방어벽에 균열을 만들기에 충분했다.

"끄…."

유빈투스의 입에서 처참한 신음이 새어나왔다. 유빈투스는 신음을 끝까지 뱉지 않고 입술을 으득 씹었다. 모욕감 때문이었다. 그녀는 일그러진 눈으로 우현을 노려보았다.

"…어우."

우현이 이죽거렸다.

"노려보니까 무섭다, 야."

"이놈!"

유빈투스가 고함을 질렀다.

콰직!

한 번 더 휘두른 일검이 유빈투스의 방어벽을 박살냈다. 위로 쳐올린 칼날이 유빈투스의 배로 날아갔다.

콰드득!

검날이 유빈투스의 늑골을 부수는 소리가 났다.

'베어내지는 못했군.'

생각보다 유빈투스의 피부가 질겨. 겉모습은 아름다운 여자지만, 보스 몬스터 정도 되니까 방어벽 없이도 자체의 내구력이 상당하다. 압축한 투기를 검에 두르고 있었는데도 베어내지 못하다니.

"컥! 크흑…!"

베어내지 못했을 뿐, 유빈투스는 제법 큰 데미지를 입었다. 그녀는 땅 위에 엎어진 체 검에 맞은 배를 손으로 감싸며 굼벵이처럼 몸을 말았다. 연신 터트리는 기침에 피가 섞여 나왔다.

"감히… 감히…."

유빈투스가 덜덜 떨리는 목소리로 내뱉었다. 그녀는 기침을 콜록거리며 몸을 일으켰다. 그런 유빈투스의 위에 공격이 떨어졌다. 공격대원들이 달려들어 무기를 내리 찍었다.

"으득…!"

유빈투스는 양 손으로 땅을 짚으며 간신히 방어벽을 만들어냈다. 계속해서 떨어지는 공격이 유빈투스의 방어벽을 두드렸다. 거리를 벌려야 한다. 공간이동… 공간이동을. 유빈투스가 그렇게 생각한 순간,

"비켜!"

시헌이 고함을 질렀다. 펄션이 떨어졌다. 콰아앙!

커다란 폭발이 방어벽을 박살냈다. 유빈투스의 입에서 피가 튀었다. 방어벽을 박살내고서 떨어진 검이 유빈투스의 등허리를 찍었다.

"카아악!"

유빈투스의 몸이 활처럼 젖혀졌다. 파들거리며 떨리는 몸 위에 몇 개나 되는 검이 떨어졌다. 피가 비산했다.

그리고, 다시 폭발. 유빈투스의 몸이 끊어졌다.

다들 침을 꿀꺽 삼키며 뒤로 물러섰다. 유빈투스는 상반신과 하반신이 나누어진 모습으로 땅에 엎어져있었다. 폭발에 날아간 하반신은 멀찍이 떨어져 굴러다니고 있었다. 지진 상처는 검은 그을음이 묻어 역한 냄새를 풍겼다. 역하다기 보다는, 고기가 익는 냄새였다.

"…끄…"

처참하게 망가진 장기를 쏟아내며 유빈투스가 손을 뻗었다. 그녀는 손톱을 세워 땅을 긁었다. 몸이 저 꼴이 나고도 저 괴물은 아직 살아 있었다. 시헌이 질린 얼굴로 침을 꿀꺽 삼켰다. 상처 입은 괴물을 향해 섣불리 다가가는 이는 아무도 없었다.

죽었나, 아니, 죽어가고 있는 것일까. 이대로 내버려두면 죽는 것일까. 머뭇거리는 사이에 유빈투스가 피를 토해냈다. 그녀는 연신 콜록거리며 기침을 했고, 입술에서 튀어나온 피가 바닥을 흥건히 적셨다.

"…감히."

피에 젖은 입술을 비집고 튀어나온 것은 박살난 프라이드가 발하는 분노였다. 유빈투스는 바닥을 손으로 움켜잡았다. 날카롭게 벼려진 손톱이 대리석 바닥을 두부처럼 뭉갰다. 유빈투스의 몸 주변으로 시뻘건 마력이 안개처럼 퍼져나왔다.

"나를… 이, 나를. 감히… 감히…."

"뭐하는 거야!"

부글거리며 끓는 마력을 보고 우현이 윽박질렀다.

"아직 살아 있잖아!"

"으아아!"

유빈투스의 근처에 있던 공격대원들이 달려들었다. 하반신을 잃은 유빈투스의 머리 위로 무기가 떨어져 내렸다. 유빈투스가 까득 이를 갈았다.

파파팍!

그녀를 중심으로 모였던 마력이 폭발했다. 고슴도치가 가시를 세우는 것처럼 사방으로 붉은 송곳이 쏘아졌다.

피하지 못했다. 송곳에 몸이 꿰뚫린 이들이 비명을 질렀다. 그것으로 끝이 아니었다. 몸에 박힌 송곳은 빨대처럼 체내의 피를 강하게 빨아들였다. 놀란 공격대원들이 경악한 얼굴로 멀쩡한 사람이 미라가 되는 것을 지켜보았다.

그리고 그 피를 빨아들인 유빈투스가 몸을 일으켰다. 쏘아졌던 송곳이 다시 마력이 되어 무너졌다. 유빈투스는 멀쩡히 두 다리로 서있었고, 그녀에게 상처는 없었다.

상처 대신에 남은 것은 끔찍스러운 분노였다. 살의가 가득 찬 눈이 붉은 빛으로 젖었다.

"위험할 뻔 했어."

유빈투스가 소곤거렸다. 던전의 마지막 수문장이라는 자리에 걸맞게, 그녀는 라스 프라다나 에르마쉬와는 비교도 할 수 없을 정도로 강했다. 설마 저 정도의 중상에서 수복할 줄이야. 한 번 방어벽을 깨트리고 치명상을 입히기는 했지만.

보라, 저 마녀의 모습을. 상처 하나 없다. 지친 기색도 없다. 오히려 이곳의 모두를 죽이겠다는 미치광이 같은 분노를 보이고 있을 뿐이다.

"빌어먹을."

우현은 낮은 목소리로 욕설을 내뱉었다. 치명상을 피하기는 했지만, 지금의 우현은 상처투성이였다. 직격 당한 상처는 없지만 스친 상처는 셀 수도 없다. 그곳에서 흐르는 피가 우현의 몸을 흠뻑 적시고 있었다. 투기를 최대한 회복으로 돌리기는 했지만, 당장 피가 너무 많이 흘렀다.

"솔직히, 너희가 이렇게까지 할 수 있으리라고는 생각하지 않았다."

유빈투스가 말했다. 그녀는 살의가 넘치는 눈으로 모두를 보았다.

"내가 인간을 너무 무시했던 것이겠지. 그래, 인정하마. 나는 너희를 얕잡아 보았다."

유빈투스가 손을 들었다. 붉은 마력이 몸을 일으켰다.

"그를 알았으니, 더 이상은 그렇게 하지 않을 것이다."

그것은 사형선고와 같은 말이었다. 괴물이 움직이기 시작했다. 마녀가 손을 움직일 때마다 붉은 마력이 그림자처럼 그 뒤를 따랐다. 그리고 그것은 유빈투스가 바라는 대로, 확실하고 끔찍한 폭력을 만들어냈다.

콰드득!

가장 가까이 있던 운 없는 자가 그 폭력의 첫 제물이 되었다. 호두를 망치로 내리 찍어, 그 단단한 껍질을 부서 보았는가. 저 운 없는 자는 그렇게 죽었다. 정수리부터 떨어진 공격에 그대로 박살나서.

후둑거리는 피가 끈적거리며 위로 올랐다. 유빈투스는 낮게 웃으며 천천히 몸을 움직였다. 둥실 떠오른 그녀의 몸이 앞으로 나아갔다. 다들 하얗게 질린 얼굴로 다가오는 유빈투스를 향해 몇 걸음 물러섰다. 한 달 전과 비교해서 비약적으로 강해졌다고는 하지만, 강해져봤자 인간은 결국 인간인가. 괴물을 상대하기에는 부족했던 것일까.

"…뭐, 언제나 그랬지."

인간은 언제나 괴물보다, 몬스터보다 약했다. 그런 몬스터를 잡는 직업이 헌터였고. 이번에도 똑같다. 압도적으로 강력한 몬스터가 상대고, 헌터는 그를 잡을 뿐이다. 우현은 피에 젖은 손으로 검을 잡았다. 상처가 아직 다 낫지 않았다. 베인 상처가 욱신거렸고, 피를 흘린 머리는 조금 어지러웠다.

하지만 괜찮다. 상처가 완전히 치유되지는 않았어도 피는 더 이상 흐르지 않는다. 이 정도의 상처와 두통 정도야 오히려 익숙하다. 강력한 몬스터를 상대로 싸우는 것도, 이쪽의 전력에 부족함을 느끼는 것도.

오히려 예전보다 낫다. 이쪽의 전력은 아직 절반 이상 남아있다. 유빈투스는 멀쩡해 보여도 아까 전에 그녀를 죽음 직전까지 몰아가기는 했다. 그때 완전히 죽이지 못한 것이 조금 아쉬울 뿐.

다시 그 직전까지 가면 되는 것 아닌가.

마음을 다잡았다. 쉽게 잡을 수 있을 것이라는 생
각은 하지 않았다. 고전을 예상했고, 그렇게 되었다.
오히려 조금의 경외심이 들었다. 얄궂은 생각이었다.
저 정도로 강한 몬스터는 이전의 세계에서도 본 적이
없다.

하지만 데루가 마키나와는 비교가 되지 않아. 적어
도, 저 괴물을 죽음의 바로 앞까지는 데리고 갈 수 있
었으니까. 발을 끌며 다가오는 우현을 보면서 유빈투
스가 눈을 가늘게 떴다. 사나운 시선이 우현에게 쏘아
졌다.

저 남자가 그녀를 모욕시킨 주범이었다. 강렬한 증
오와 더불어 감탄하기도 했다. 설마 인간 중에 자신을
이렇게 몰아 세울 이가 있을 것이라고는 생각하지 않
았다. 라스 프라다와 에르마쉬가 저 남자의 칼 아래에
서 죽었다.

"아깝군."

유빈투스가 중얼거렸다. 진심으로 그녀는 안타까
움을 느꼈다. 우현이 인간이라는 것을 안타깝게 여겼
고, 자신이 우현을 죽여야 한다는 것에 안타까움을 느
꼈다. 유빈투스의 손이 뻗어졌다.

"나는 인간을 많이 보지는 않았지."

스멀거리며 안개가 피어 올랐다.

"하지만 헌터라는 족속은 제법 보았다 자부한다. 나의 성이 너희에게 알려지고서 한 달. 많은 헌터들이 내 목을 노리고 이 성으로 들어왔지. 그리고 그들 중에서 나로 하여금 위기를 느끼게 한 이는 없었다."

사실이었다. 라스 프라다는 문지기의 역할을 제대로 수행하지 못하고 첫 날에 죽어버렸지만, 에르마쉬는 그래도 기사라는 역할에 걸맞게 싸웠고, 그렇게 죽었다. 꼴같잖은 죽음이기는 했지만.

"너는 인간이라는 종의 정점에 섰다고 생각한다만."

유빈투스가 키득거렸다.

"이곳을 떠나, 바깥으로 나간다고 해도. 너보다 강한 인간은 없을 것이라 생각한다만. 나의 앎이 짧으니 확신할 수는 없군. 실제로 그러느냐?"

"그럴 지도."

우현은 낮은 목소리로 대답했다. 시선이 모인다. 다들 어찌 움직여야 할지 모르겠다는 얼굴이었다. 박광호의 눈을 보았고, 안토니의 눈을 보았다. 우현은 살짝 머리를 끄덕거렸다. 시선이 오감에 따라 다들 조금씩 발을 끌어 거리를 벌렸다.

변하는 것은 없다. 애초의 계획 그대로 간다. 그 외

에 무슨 방법이 있겠는가. 불필요한 마법을 버리고 유빈투스는 상대를 죽이겠다는 일념 하에 움직이고 있었다. 그녀의 공격이 달라졌다고 해서 이쪽의 공격을 바꿀 수는 없다.

어떻게 해야 할 지도 모르겠고.

"그렇다면 안타깝군."

유빈투스가 머리를 흔들었다.

"네가 여기서 내 손에 죽는다면, 바깥의 인간들 중 누구 하나 나에게 저항다운 저항을 할 이는 없다는 것 아닌가."

"김칫국 마시지 마라."

우현이 내뱉었다. 그 말을 이해하지 못하고 유빈투스가 머리를 갸웃거렸다.

"뭐?"

"넌 여기서 나가지 못해."

지금 이 순간에도 유빈투스의 카운트는 계속해서 줄어들고 있었다. 저 괴물을 바깥에 풀어 둘 수는 없다. 어떻게든 여기서 끝을 본다.

"그건 네가 정하는 것이 아니지."

유빈투스가 웃으며 말을 받았다. 그 말에 대답하지 않았다. 거리를 좁힌다. 호흡은 멈췄지만 검은 멈추지 않는다. 매섭게 날아간 검이 유빈투스를 향해 날아

갔다. 그로도 부족하여 넓게 펼친 안개가 유빈투스를
죄여왔다.

"말하지 않았느냐."

유빈투스의 얼굴이 싸늘하게 식었다.

"더 이상은 그리하지 않겠다고."

가슴이 으스러지는 듯한 충격을 느꼈다. 우현은 목
구멍에서 솟구치는 핏물을 삼키며 다리에 힘을 주었
다. 간신히 뒤로 넘어가지 않았고, 그것이 한계였다.
입술을 비집고 피가 뿜어졌다. 막지 않았다면 죽었
다. 안개를 끌어와 가슴을 감싼 것은 즉흥적이었지만
유효했다.

방어구를 종잇장처럼 찢어내는 공격을 한 번은 받
아낼 수 있었으니까.

"…욱."

입술을 비집고 신음이 새어나왔다. 흉갑이 으스러
져 있었다. 우현은 간신히 발을 뒤로 끌어 거리를 벌
렸다. 하지만 유빈투스는 그럴 틈을 주지 않았다.

공격이 퍼부어졌다. 유빈투스가 손가락을 튕길 때
마다 붉은 마력이 칼날이 되어 쏟아졌다. 정면으로 받
아낼 수 없다. 흘려보낼 수도 없다. 피하는 방법뿐이
다. 순간 동결되었던 엔진을 다시 돌렸다. 하지만 몸
이 잘 움직이지 않아. 머신에 문제가 생겼다.

"덮쳐!"

악다구니가 울렸다. 박광호가 고함을 질렀다. 안토니 역시 카멜롯의 길드원들에게 공격을 소리쳤다. 유빈투스의 뒤편에서 수십 명이 달려들었다. 유빈투스는 혀를 차며 우현에게 퍼붓던 공격을 다른 곳으로 돌렸다.

비명이 뒤섞였다. 유빈투스의 반격에 몇 명이 더 죽었다. 타인의 비명에 멈추는 이는 없었다. 어떻게든 달라붙어 무기를 휘둘렀다. 방어벽을 두들기고, 폭발이 일어났다. 시헌의 펄션이다. 유빈투스의 아래로 파고 들은 선하가 검을 올려 휘둘렀다. 시커먼 독을 품은 검날이 독사의 송곳니처럼 방어벽을 물어 뜯었다.

"오빠!"

민아가 급히 다가왔다. 그녀는 비틀거리는 우현을 부축하면서 걱정 가득한 시선으로 우현을 보았다. 숨을 헐떡거리던 우현은 손을 들어 가슴을 어루만졌다. 다행히 뼈는 부러지지 않았다. 충격에 심장이 조금 놀랐을 뿐이다. 우현은 까득 이를 갈았다.

"생각보다 존나 세네. 그치?"

그는 어떻게든 웃으며 민아를 향해 그렇게 말했다. 그 말에 민아는 아무런 말도 하지 않고 손을 뻗어 우현의 입술에 흐르는 피를 닦아주었다.

"…괜찮은 거예요?"

"안 죽었어. 어디 부러진 곳도 없고."

우현은 그렇게 말하면서 머리를 옆으로 돌려 입 안에 고인 피를 뱉어냈다. 그는 발을 끌어 유빈투스를 향해 다가갔다.

"난 괜찮으니까, 너도 네 몸 잘 챙겨. 까딱하면 죽는다."

우현의 말에 민아는 굳은 얼굴로 머리를 끄덕거렸다. 그녀는 방패를 들어올렸다. 하지만 지금 상황에서 방패가 소용 있을까. 일격에 방어구도 박살내는 공격인데.

"…쯧."

유빈투스는 작게 혀를 찼다. 마력을 통째로 휘두르며 헌터들을 죽이고, 몰아세우고 있었지만 그녀의 사정이 마냥 좋은 것은 아니었다.

마력의 소모가 크다. 잔재한 마력을 회수하는 식으로 보충하고는 있었지만, 덤벼드는 놈들이 워낙에 많다보니 회수되는 마력도 적다.

'장기전은 불리해.'

그녀가 가진 마력은 무한하지 않다. 몸이 끊어진 치명상을 회복하면서도 많은 마력을 소모했다. 일단은 특히 귀찮은 놈들을 우선적으로 색출해 죽여 놓을까. 가장 먼저 떠오른 것은 우현이었다. 하지만 놈은 지쳐있으니 당장 끊어놓지 않아도 될 것이다.

그렇다면.

유빈투스의 눈이 선하를 보았다.

오싹하고 몸에 소름이 돋았다. 선하는 자신을 똑바로 바라보는 유빈투스의 시선에 자신도 모르게 위축되었다. 포식자의 앞에 먹잇감이 몸을 떨 듯, 그것은 거스를 수 없이 당연한 것이었다. 선하의 몸이 경직된 중에 유빈투스가 손을 뻗었다. 시뻘건 마력이 그녀의 손앞에서 회오리쳤다.

혀끝을 씹었다. 으득, 하고 살점이 씹혔다. 상처에서 흐른 붉은 피와, 아랫입술 사이에 고인 피의 비릿한 맛이 정신을 깨웠다. 선하는 급히 몸을 뒤로 빼냈다. 그보다 조금 늦게 유빈투스의 공격이 퍼부어졌다. 대리석 바닥이 두부처럼 뭉개졌다. 선하는 피를 꿀꺽 삼키며 허리를 비틀었다.

카각!

휘두른 일검이 유빈투스의 방어벽을 긁는다. 투기를 집중해서 검에, 그리고 다시 독으로. 시커먼 독이 방어벽을 침식한다. 선하가 얻은 능력은 단순 화력적인 면에서는 시헌의 능력에 미치지 못한다.

하지만 장기전에 있어서 선하의 능력은 탁월하다. 그녀가 만들어내는 독은 투기를 발현시킨 것이기 때문에, 그녀가 바라지 않는 한 사라지지 않는다. 실제로 아까 전에 유빈투스에게 일격을 가해 묻게 한 독은 아직도 사라지지 않고 그녀의 방어벽을 갉아먹고 있었다.

즉, 그녀의 독은 저주에 가깝다. 상대를 죽이지 않는 한 절대로 사라지지 않는다. 그를 알았기에 유빈투스는 우선해서 선하를 죽이려 들었다.

"막아!"

선하를 고집하며 공격을 가하는 유빈투스를 향해 박광호가 고함을 질렀다. 선하와 가장 가까운 위치에 있는 것은 박희연이었다. 그녀는 입술을 잘근 씹으며 선하를 향해 달려들었다. 비틀거리며 물러서던 선하를 대신하여 박희연이 유빈투스의 아래로 파고들었다. 아주 잠깐, 시선을 끄는 것으로 충분하다.

그렇게 마음 먹었고, 무리하지도 않았다. 날카롭게 파고들어 올려 친 검이 유빈투스의 방어벽을 긁어냈다. 유빈투스가 미간을 찡그리며 아래를 내려 보았다. 그 시선에 박희연은 심장이 순간 멈추는 것 같은 위협을 느꼈지만, 그에 굳지 않고 곧바로 유빈투스의 시선에서 빠져나왔다.

그 잠깐의 순간으로 선하는 충분히 안정거리까지 빠져나올 수 있었다. 이 거리라면 유빈투스가 공격한다고 해도 어떻게든 대처할 수 있으리라. 선하가 완전히 빠져나오는 것을 확인한 뒤에 시헌이 덤벼들었다. 선하가 장기전에 유리하다면 시헌의 능력은 단기전에 유리하다. 일격에 폭발을 실어낼 수 있는 능력은 몬스터의 방어벽을 빠르게 파괴할 수 있다.

연이어 폭발이 터졌다. 폭발의 충격을 견디느라 유빈투스는 공격을 잊었다. 방어벽이 부들거리며 떨렸다. 유빈투스가 욕설을 내뱉었다. 머리끝까지 분노가 밀어닥쳤다. 유빈투스가 양 손을 들었고,

그녀가 공격을 가하려는 순간, 박광호의 도끼날이 그녀를 덮쳤다.

콰직!

정면에서 날아 온 도끼가 유빈투스의 얼굴을 갈겼다. 방어벽이 아직 건재하기는 했지만 코앞에서 날아 온 일격은 유빈투스를 놀라게 하기에는 충분했다.

"웃…!"

도끼날은 일격으로 그치지 않았다. 박광호는 S급 헌터다. 무기를 다루는 것, 공격하고, 방어하고, 빠지고, 임기응변과 상황판단 능력 등. 헌터가 가져야 할 그 모든 것과 가진 경험이 다른 헌터들과 비교하여 압도적으로 높다.

"이런…."

유빈투스의 목소리가 끊겼다.

콰앙!

크게 휘두른 도끼가 다시 그녀의 머리를 갈겼다. 방어벽 위에서 전해지는 충격이지만 눈 앞에서 무식하게 큰 도끼날이 휘둘러지는 것은, 실제로 충격이 없다고 하더라도 시선을 빼앗기에 충분하다. 박광호는 그를 정확하게 노리고 있었다.

그리고 그것으로 그치지 않는다. 도끼자루를 잡은 양 손이 매끄럽게 움직였다. 도끼날이 빙글 돌았다. 콰앙! 넓은 도끼의 면이 부채를 휘두르는 것처럼 유빈투스의 몸을 갈겼다. 공중에 떠오른 유빈투스의 몸이 휘청거렸다.

"이놈!"

유빈투스가 고함을 질렀다. 신경도 쓰지 않던 놈이 갑자기 튀어나와 공격을 해대니 짜증이 치솟은 것이다. 유빈투스가 박광호를 찍어 누르려는 순간, 또다른 공격이 유빈투스의 등을 내리 찍었다. 묵직한 일검에 유빈투스가 목이 부러질 기세로 머리를 돌렸다.

카멜롯의 길드 마스터인 안토니였다. 유빈투스의 눈앞에서 안토니가 쥐고 있는 대검이 위로 솟구쳤다. 그리고 다시 떨어진다. 유빈투스의 머리가 아래로 숙여졌다. 정수리를 내리 찍은 공격은, 그 즉시 다시 위로 올라가 유빈투스의 머리를 한 번 더 갈겨 버렸다.

'무거워…!'

유빈투스가 이를 꽉 물었다. 일격 하나하나가 전부 무겁다. 무시할 수 없는 수준이었다. 박광호와 안토니가 유빈투스의 이목을 확실히 끌었다. 그들은 서로 시선을 나누었다. 해야 할 일은 충분히 했다. 이제는 뒤로 빠질 순간이다.

그들이 뒤로 빠진 순간 다른 공격대원들이 달라붙었다. 유빈투스가 마력을 휘두르는 것은 즉발 공격이 아니다. 아주 잠깐이라고는 하지만 소요시간이 있었고. 그를 방해하고 끊는 것이 유빈투스 공략의 키 포인트였다.

민아가 가진 장점은 센스와 기동력. 제네시스에서 우현을 제외하고 스위치를 가장 능숙하게 다룰 수 있는 것은 민아였다. 특히 그녀는 발이 가볍고 몸놀림이 좋았다. 부족했던 상황 판단력과 임기응변은 경험으로 채웠다. 가속 스위치를 최대한 올린 민아의 돌진은, 우현을 제외하고서 이곳에 모인 그 어떤 헌터보다 빠르다고 감히 자부할 수 있을 정도였다.

은빛이 뿜어졌다. 유빈투스가 기겁하여 몸을 뒤로 빼냈다. 빠르게 휘둘러진 검이 그녀의 눈앞을 스쳤다. 민아의 공격이었다.

"으득!"

유빈투스가 손을 뻗었다. 시뻘건 마력이 민아를 노리고 쏘아졌다.

하지만 맞지 않는다. 그녀는 발끝을 세워 튕기며 유빈투스의 공격 궤적에서 벗어났다. 그리고서는 물러나지 않고 오히려 더 깊이 파고든다. 빠르게 휘두른 검이 유빈투스의 방어벽을 몇 번이나 베어냈다.

"쥐새끼같은 년!"

유빈투스가 고함을 질렀다. 살아남은 모두가 유빈투스를 상대로 전력을 다하고 있었다. 본격적으로 전투에 돌입하며 저 괴물이 보였던 압도적인 강함은 어느새 그 빛이 바래져 있었다.

그것을 보며 우현은 발을 뻗었다. 한 달 사이에 헌터는 저렇게까지 성장했다. 우현은 자신의 선택이 틀린 것이 아니라는 것을 증명받은 기분이었다. 그의 능력은 그 스스로를 강하게 하는 것에 그쳐서는 안 되었다.

저들에게 제공한 마석을 전부 내가 흡수했다면? 그 상태로 유빈투스와 싸웠다면 어떻게 되었을까. 내 일격에 유빈투스의 방어벽을 박살내고, 그녀의 목을 베어낼 수 있었을까. 우현은 그를 확신할 수는 없었다. 분명한 것은 그렇게 자신을 강화했어도, 일격에 꿰뚫고 절단내는 유빈투스를 상대로 싸우는 것은 큰 모험이었다는 것.

하지만 지금은 감상에 젖을 때가 아니다. 유빈투스는 아직 죽지 않았다. 우현은 숨을 몰아쉬며 검을 쥐었다. 몸이 무거웠다. 역시 피를 너무 많이 흘렸나, 조금 떨리는 손가락에 억지로 힘을 주었다.

유빈투스는 발을 질질 끌며 다가오는 우현을 보았다. 그녀의 얼굴이 일그러졌다. 자신이 이런 상황까지 몰릴 것이라고는 꿈에도 생각한 적이 없었다. 그녀에게 있어서 인간은, 헌터는. 언제고 밟아 죽일 수 있는 바퀴벌레 정도밖에 되지 않았다.

그런 헌터가 자신을 몰아세우고 있었다. 방어벽은 부서지기 직전이다. 넘치던 마력도 바닥까지 줄어들었다. 더 이상 그녀의 공격은 매섭지 않았다. 애당초 유빈투스는 신체 능력이 그리 뛰어나지 않은 편이다. 그런 신체적인 약함을 마력과 마법으로 대체하며 싸우는 것이 그녀였고, 마력이 고갈되어가는 현 시점에서 그녀는 무력하기 짝이 없었다.

"아아아!"

유빈투스가 비명을 질렀다. 그녀는 발악하듯이 양 팔

을 휘저었다. 마지막 남은 마력이 전력으로 방출되었다. 사방으로 쏟아지는 마력은 피아구별이 없는 폭격과 같았지만, 애당초 이 홀 안에서 유빈투스의 아군은 그 누구도 없었다. 저택이 뒤흔들렸다. 모두가 피할 수 있었던 것은 아니었다. 분명 몇 명은 휘말려서 죽었다.

유빈투스가 그를 신경 쓰지 않듯, 우현 역시 그것을 무시했다. 그는 죽지 않았고, 그것이 전부였다. 우현은 숨을 헐떡거리는 유빈투스를 바라보았다. 폭격의 잔재로 흙먼지가 떠돌았다. 유빈투스는 비틀거리면서 뒤로 물러섰다.

"말도 안 돼… 이럴 수는… 이럴 수는…."

유빈투스가 홀린 듯이 중얼거렸다. 시헌이 욕설을 뱉으며 머리를 들었다. 공격을 피해 그 자리에 엎드렸고, 다행히 목숨을 부지할 수 있었다. 유빈투스의 얼굴이 하얗게 질렸다. 죽은 헌터가 유빈투스의 생각보다는 너무 적었기 때문이다.

"몬스터나 사람이나 똑같아."

우현이 내뱉었다. 유빈투스는 더 이상 공중으로 날아오르지 못했다. 땅에 발을 댄 그녀는 다가오는 우현을 보면서 비틀거리며 뒷걸음질쳤다.

"궁지에 몰린다면 발악이랍시고 날뛰지. 초조하고, 무서워서. 생각이 좁아지고 판단력이 흐려져. 너도 똑같군."

유빈투스가 마지막으로 방출했던 공격은, 그녀의
마지막이라고 생각할 수 없을 정도로 난잡하고 또 조
잡했다. 이쪽에서 충분히 반응하고 피할 수 있을 정도
로 말이다. 우현이 내뱉는 말에 유빈투스의 얼굴이 치
욕을 담아 부들거리며 떨렸다.

"가, 감히…."

"아직도 그딴 태도로군."

우현은 한숨을 쉬며 머리를 흔들었다.

"너는 더 이상 우리보다 우위에 있지 않아. 지금 당
장도 그렇지 않나."

그녀의 주변에 들끓던 마력은 더 이상 없다. 유빈
투스의 태도를 보니 그녀가 궁지에 몰린 것은 확실해
보였다. 우현의 무릎이 낮아졌다.

"…힘들었어."

그 중얼거림과 함께 우현의 발이 땅을 박찼다. 멋대
로 떠들어라, 인간아. 유빈투스는 뛰어 들어오는 우현
을 보면서 그렇게 생각했다. 몬스터나 인간이나 다를
것이 없다고? 확실히 그럴 지도 모르지. 하지만 감히,
그런 저등한 것들과 나를 비교한 것이 네 실책이야.

마력은 아직 남았다. 무식하게 사방으로 쏘아대면
서 얼마 남지 않은 마력을 완전 소모시킬 정도로 미련

하지는 않다. 나는 궁지에 몰렸다, 얼마 남지 않았다. 그를 알렸을 뿐이다.

'너같이 달려드는 얼간이를 죽이기 위해서.'

다 알고 있어. 네가 저 인간들의 중심이지? 인간이나 몬스터와 똑같다, 그것에 대해서는 나도 공감해. 몬스터도, 인간도. 중심이 무너진다면 혼란을 겪지.

그러니 나는 널 죽일 거야. 조금 더, 조금 더 가까이 온 뒤에. 유빈투스는 표정을 다듬었다. 겁에 질린 표정을 지었고, 말 도 안된다는 말을 중얼거렸다. 인간 따위를 상대로 하여 이런 치욕스런 거짓말을 하게 될 줄이야. 하지만 어쩔 수 없다. 위기라는 것은 사실이었으니까.

그리고, 거리가 얼마 남지 않았을 때. 유빈투스의 손이 움직였다. 시뻘건 송곳이 정면으로 쏘아졌다. 공격을 한 유빈투스 스스로 느끼기에도 완벽한 공격이었다. 이 거리, 이 궤적, 이 순간. 절대로 피할 수 없을 것이라 자신했다. 놈을 죽이고 다른 헌터들이 혼란을 겪을 때, 주력이라 할 수 있는 놈들을 우선으로 끊어낸다. 그 뒤에 놈들이 도망친다면, 우선 이 저택의 최상층에서 마력을 회복한다.

그것이 유빈투스가 한 생각이었다.

그녀의 계획에 큰 하자가 있는 것은 아니었다. 그

녀가 생각했던 대로 모두가 방심하고 있었고, 모두의 중심이 우현이라는 것도 사실이었다. 유빈투스가 생각했던 것처럼 우현을 죽이는 것에 성공한다면, 분명 그녀가 노렸던 혼란은 찾아왔을 것이다.

죽이는 것에 성공했다면.

정면으로 쏘아지는 송곳을 보았다. 솔직히 말해서, 예상했던 것은 아니다. 다만 대비했을 뿐이다. 괜히 이쪽이 마음을 놓고 있다가 반격이라도 당한다면 일이 복잡해지니까.

그것을 새삼 다행이라고 느꼈다. 우현은 발을 비벼 끌었다. 허리를 비틀고, 상체를 젖혔다.

쐐액!

스친 흉갑이 갈라졌다. 정면으로 받았다면 가슴에 커다란 바람구멍이 났을 것이다.

우현은 조금 안도했고, 유빈투스의 얼굴이 창백히 질렸다. 그녀가 입술을 벌리고, 무어라 말을 하는 것이 우현에게는 느리게 보였다.

우현의 검이 유빈투스의 몸을 꿰뚫었다.

〈6권에서 계속〉